JN178658
このシェアハウスは
恋愛禁止
なのに、どう見ても
告白待ちの顔
をされています
岩波零
illustrator TwinBox

「その……水の中は怖いので、手を握ってもらってもいいですか……？」
この奇跡みたいな時間が、永遠に続けばいいと思った。

Rena Tsukiyama
月山 玲奈
Shuichiro Hoshi
星 秀一郎
Mio Igarashi
五十嵐 澪
Sota Fuwa
不破 颯太

Himari Tachibana
橘 陽万里
Ren Hibiya
日比谷 蓮

自転車を除く
16－18

CONTENTS

She might love me
even though romance is forbidden
in this share house.

このシェアハウスは
恋愛禁止なのに、
どう見ても告白待ちの
顔をされています

岩波 零

MF文庫J

口絵・本文イラスト●TwinBox

プロローグ　キス待ちの彼女？【日比谷蓮の視点】

俺は今、重大な選択を迫られている——

ここは東京都渋谷《しぶや》区にある高校生向けの格安シェアハウス。

定員が6人のところに現在、男子と女子が3人ずつで暮らしている。全員が同じ高校の1年生だ。

今日は6月10日。引っ越しから2ヶ月《かげつ》ちょっとが経《た》ち、同居人たちともだいぶ打ち解けたと感じていた頃に、今回の事件は起きた。

今朝までは、何の前兆もなかった。ただ、帰宅した俺がリビングのソファに腰を下ろすと、左横に座っている陽万里《ひまり》さんが、こちらに体を向けてきたのだ。

「蓮《れん》さんですか？」

陽万里さんが俺の名を呼んだ。なんで疑問形なのだろうと思いながらそちらに視線を向けると、なぜか陽万里さんは目を瞑《つぶ》っていた。

まるで俺からのキスを待っているかのようで、思わず息を呑《の》む。

重なった上下の長い睫毛《まつげ》と、ピンク色のぷっくりした唇に、思わずドキッとした。目を閉じたまま動かない陽万里《ひまり》さんは、アイドルの写真集の表紙かっていうくらい美しい。呼吸も忘れて見惚《みほ》れてしまう。

だが凝視するのはマズいと思い、顔と体は別の方向に向けて、目だけを動かすことで陽万里さんを盗み見ることにした。人間の視野の限界に挑戦している気分だ。

しかし、それから10秒ほどが経《た》っても、陽万里さんは一向に目を開けようとしない。一体なぜだ。

まさか、本当に俺からのキス待ちをしているのか……!?

いや、そんなのおかしい。俺たちはただの同居人であって、恋人でも何でもない。

しかも、このシェアハウスは入居者同士の恋愛を禁止している。もし男女交際がバレた場合、即刻退去しなければならないのだ。

なぜそんな決まりになっているかというと、過去にシェアハウス内で不適切な行為をしている男女が発見され、大問題になったらしい。特にオーナーさんが激怒したそうだ。

なのでその規則は単なる脅しではなく、本当に執行されるという噂《うわさ》だ。現にオーナーさんが定期的に視察に来ているし。

だが、俺の中の悪魔が囁《ささや》いてくる。『そんな規則にビビっていていいのか？　こんな美少女とキスできるなら、3年くらいホームレスになってもいいいんじゃないか？』と。

これまで俺は、何らかの選択を迫られる度、楽そうで安全そうな方ばかりを選んできた。今の高校を受験することにした理由も、そこそこの努力で合格できそうだったからだ。なるべく少ない労力で普通の人生を送り、穏やかな老後を目指す。それが俺の人生哲学だ。

なのに今、それとは正反対の考えに支配されかけている。

実は、初めて会った時から陽万里《ひまり》さんのことは気になっていた。これだけ美人なのだから、意識するなというのは無理な話だ。

そして、2ケ月《かげつ》ちょっと一緒に暮らしたことで、陽万里さんの外見以外の様々な魅力を知ることができた。

嬉《うれ》しいことがあった時に一緒に喜んでくれたり、落ち込んでいる時に黙って傍にいてくれたり、とにかく優しい人なのだ。

正直、陽万里さんが恋人になってくれたら、最高だろうなと思っている。

とはいえ、俺のようなどこにでもいる男は眼中にないだろうと、自分の気持ちに蓋をしていた。

期待しても、どうせ手が届かないんだと。

しかし今、陽万里さんが俺を求めてくれている。このチャンスを逃したら、一生後悔するだろう。

行くんだ俺！　行動しなきゃ、何も始まらない！

明日からのことなんかどうでもいいじゃないか！

覚悟を決め、陽万里さんの方に体を向けた。

そしてゆっくり、陽万里さんの美しい顔に接近し始める。

間もなく、俺の人生最高の瞬間が訪れる――

だが、残り30センチくらいまで近づいたところで、唐突に陽万里さんが目を開けた。

「あっ、やっぱり蓮《れん》さんでした。なんで何も答えてくれなかったんですか？」

陽万里さんは何でもない口調で言った後、可愛《かわい》らしく小首をかしげた。

俺は慌てて上半身をのけぞらせ、何もなかった風を装う。

「ん？　もしかして、わたしに何かイタズラしようとしていましたか？」

「い、いや？　イタズラしようなんて、微塵《みじん》も考えてないよ？」

顔を逸《そ》らし、心臓がバクバク脈打っているのを必死に隠す。

「本当ですか？　なんだか怪しいですね」

陽万里さんは上品に笑い、手の中に持っていた目薬をテーブルの上に置いた。

その瞬間、すべての謎が解けた。

目薬は点眼後、１分間ほど目を閉じていた方がいいと言われている。

俺はなんて恥ずかしい勘違いをしてしまったんだ……。

とはいえ、目を閉じている時間が1分で助かった。もし3分だったら、俺は取り返しのつかない過ちを犯していただろう。

「それで、わたしにどんなイタズラをしようとしていたんですか？」

「だ、だから誤解だって」

俺は必死に言い繕う。陽万里《ひまり》さんが目を閉じていた理由を誤解してキスしようとしていたなんて、口が裂けても言えない。

俺は自分の淡い恋心を、厳重に梱包《こんぽう》して心の奥底にしまい込んだ。

第1話①　すれ違う男女【日比谷蓮の視点】

当然ながら、シェアハウスには様々なルールがある。その1つが、入浴時間が厳格に決められていることだ。

男女が一緒に暮らしているので、間違ってもお風呂場で遭遇してはならない。気まずすぎて、残りのシェアハウスでの生活がすべて地獄になるだろうからな。

しかし、6人が何時に入りたいかをいちいち言い合っていたら、毎日大変だ。そこで20時から30分間隔で、誰がいつ入るかを、あらかじめランダムに決めている。

もし自分の入浴時間を逃すと、23時以降まで待たなければならなくなる。不自由だが、最大多数の最大幸福のために多少の犠牲があるというのは、社会の縮図みたいなものだと思っている。

とはいえ、自分の入浴時間を待っている間に眠くなったり、小腹が空《す》いたりすることがある。今夜の俺は後者だった。

21時ちょっと前。閉店間際のスーパーに1人で出かけ、半額になっているシュークリー

ムを2個見つけた。

半額という言葉は、なぜこんなにも甘美なのだろうか。迷わず2個とも買い物カゴに放り込み、帰宅後にこっそり自分の部屋で食べた。

しかし、クリームが甘すぎて、けっこう微妙だった。

賞味期限は今日中なのだが、今からこれをもう1個食べて、250キロカロリーを摂取するのは気が進まない。

とはいえ、捨てるのはもったいないよな——

そこで俺は、前に陽万里《ひまり》さんが、シュークリームが好きだと言っていたことを思い出した。

女子に押しつけることに若干の罪悪感を覚えたが、クリームがこの甘さに設定されているということは、世の中には美味《おい》しいと感じる人間もいるはずだ。陽万里さんもその1人かもしれない。

俺はシュークリームが入っている袋から半額シールをキレイに剥《は》がした後、自室を出た。

少し緊張しつつ、2階の陽万里さんの部屋のドアをノックする。

すぐにドアが開き、陽万里さんが顔を出した瞬間、シャンプーのいい匂いが漂ってきた。

鼻の奥が幸福感に包まれる。

陽万里さんはパジャマ姿な上、まだ髪が少し濡《ぬ》れていた。たぶんお風呂上がりにしっかりドライヤーをかけなかったのだろう。夜だけの特別な魅力があり、にやけないようにするのが大変だった。

陽万里さんの背後には『女の子の部屋』が広がっており、覗《のぞ》き込《こ》みたい衝動に駆られたが、必死に我慢する。あと3年弱はこのシェアハウスに住み続けるのだから、同居人にキモいと思われるわけにはいかない。

「……蓮《れん》さん、どうしたんですか？」

訪ねてきたのが俺だったことが意外なのか、陽万里さんは少し驚いた様子で問いかけてきた。

「えっと、これ、よかったら……」

ぎこちなくシュークリームを差し出すと、陽万里さんは戸惑いつつも受け取ってくれた。

「えっ、ありがとうございます」

「陽万里さんの分しかないから、このことはみんなには内緒にしてね」

そう注意すると、陽万里さんは不思議そうに聞き返してくる。

「なんでわたしだけにくれたんですか？」

「えっ、なんでって――」

マズい。不用品を処分しようとしていることがバレるのだけは、避けなければ。

「別に深い意味はないよ。シュークリームを見ていたら、陽万里さんの顔が浮かんだだけ」

「そうですか……」

陽万里《ひまり》さんはつぶやくように言い、うつむいた。何やら気まずそうにしている。

不要品の処分に来たことがバレたわけではなさそうだが、一体どうしたのだろうか？

もしや、お風呂上がりの姿を見られるのが恥ずかしいのか？

いやでも、俺たちが共同生活を始めて、もう2ヶ月《かげつ》ちょっとが経《た》っている。パジャマ姿も、髪が濡《ぬ》れているところも、何度も目撃しているので今更だ。

まぁ、男側からすると、何回見ても見慣れることはないのだが。

「ありがとうございます。蓮《れん》さんはいつも優しいですよね」

エロい目で盗み見ている最中、突然陽万里さんが顔を上げ、そんなことを言い出した。

「えっ、そう？」

「はい。たとえば……この家でご飯食べる時、食事当番の人に必ず『ありがとう』って感謝を伝えるでしょう？」

「それは最低限の礼儀だと思うけど」

「その当たり前のことが、意外とできないものなんですよ。特に当番制だと、自分も作っているからお互い様だと思いますし」

「それは、まぁ」

「だから……蓮さんのそういう礼儀正しいところを、わたしは尊敬しているんですよ」

「ふーん、そんなもんかな」

そう答えた直後、ふと疑問に思った。

陽万里さん、俺に注目しすぎじゃない？

もしかしてこれ、俺のことが好きな可能性ある？

少なくとも俺は、他の人が食事当番にお礼を言っているかどうかなんて把握していない。まったく興味がないからだ。

つまり陽万里さんは普段、俺のことを目で追っているのではないか？　であれば、告白したら、ＯＫしてもらえるんじゃ？

――なんて、さすがに自意識過剰すぎるよな。

今の俺は、かなりキモい顔になっていそうだ。シュークリームを無事処分できたわけだし、下心がバレる前に部屋に戻ろう。

「じゃあ、また明日」

「――あ、はい」

俺が急に会話を切り上げたためか、陽万里さんは少し驚いたように返事した。

自室に戻った俺は、ついパジャマ姿の陽万里さんを思い返してしまう。

先日、目薬をさしていたと知らずにキスしかけた時もそうだったが、なぜか陽万里さんと一緒にいると、邪《よこしま》な考えが頭に浮かんでしまう。

二度と変な期待をしないよう、注意しなければ……。

第1話② すれ違う男女【橘陽万里の視点】

お風呂から上がったわたしは、自室のベッドに寝転がり、いつものようにタブレット端末で色んなネコちゃんが失敗する動画を見ています。カーテンに爪が引っかかって抜けなくなったり、テーブルからソファに飛び移ろうとして失敗するというものです。

どの子も可愛《かわい》いけど、おばあちゃんの家のミャーちゃんには勝てないなと思います。

ミャーちゃんの可愛さは別格で、ネコちゃんだけでなく、生きとし生けるものすべての中で1番なのです。

ああ、ミャーちゃんに会いたい。お腹《なか》に顔をくっつけて思いっきり匂いを嗅ぎたい。足下に寝転がって小さな肉球で踏まれたい。

なんて少し変態的なことを考えていると、誰かがドアをノックしました。

澪《みお》ちゃんか玲奈《れな》ちゃんだろうと思って出てみたのですが、なんと訪ねてきたのは蓮《れん》さんでした。

夜中に男子が1人で訪ねてくるなんて初めてのことで、緊張してしまいます。特に蓮さ

んは、女子とは少し距離を置いている感じがする人ですから。

「……蓮さん、どうしたんですか？」

そう質問すると、蓮さんは照れくさそうにシュークリームを差し出してきました。

「えっと、これ、よかったら……」

「えっ、ありがとうございます」

突然のことに驚きつつ、わたしは反射的に両手を出して受け取りました。

「陽万里《ひまり》さんの分しかないから、このことはみんなには内緒にしてね」

気まずそうに言われ、わたしの驚きは大きくなりました。

「なんでわたしだけにくれたんですか？」

「えっ、なんでって——」

蓮さんは一瞬、言葉に詰まりました。いつもクールな彼が動揺する姿は新鮮で、ちょっと可愛いと思いました。

「別に深い意味はないよ。シュークリームを見ていたら、陽万里さんの顔が浮かんだだけ」

「そうですか……」

わたしは声を絞り出し、何とか返事をしました。

平静を装っているものの、にやつかないようにするのが難しいです。すぐさま下を向きました。

蓮《れん》さんがわたしの好物を覚えていた上、誕生日でもないのに買ってきてプレゼントしてくれました。しかも他の４人には内緒だと言います。

……もしかして、蓮さんはわたしのことが好きなんでしょうか……？

どうしましょう。もし告白されたら、困ってしまいます。このシェアハウスは恋愛禁止なのに……。

まぁ、悪い気はしないですけど……。

それに、蓮さんを責めるのもおかしな話です。理性と関係なく、恋は落ちてしまうものなんですから……。

突然もたらされた朗報を噛《か》み締《し》めつつ、わたしは顔を上げました。

恋心に感づいたことがバレないよう、なるべく普段通り話さなければなりません。

「ありがとうございます。蓮さんはいつも優しいですよね」

「えっ、そう？」

「はい。たとえば……この家でご飯食べる時、食事当番の人に必ず『ありがとう』って感謝を伝えるでしょう？」

「それは最低限の礼儀だと思うけど」

いつも言われて嬉《うれ》しいと思っていたことを伝えてみましたが、蓮さんはピンと来ていないようでした。みなさんへの感謝を無意識でやっている証拠です。蓮さんへの好感度が、さらに上昇しました。

それからしばらく沈黙が続きました。蓮さんはわたしから目を逸《そ》らし、何やら思案しているようです。

――って、まさか、今から告白するつもりなのでしょうか……!?

蓮さんは現在、壁に右手をついて立っています。もしやこれは、あの有名な壁ドンの予行演習ではないでしょうか？

こ、困ります。まだ心の準備ができていないのに……!!

壁ドンをされるのって、どんな感じなのでしょうか？　そのままキスされてしまったら、どうしましょう……!!

「じゃあ、また明日」

蓮さんは唐突に、驚くほどあっさり言いました。

「――あ、はい」

もう少し話したいわたしを置いて、蓮さんは自分の部屋に戻っていってしまいました。

拍子抜けしましたが、文句を言うわけにはいきません。

わたしはドアを閉じてベッドに腰かけ、透明な袋に入ったシュークリームを見つめました。

そうしていると、じんわり喜びがよみがえってきます。

蓮《れん》さんはいつもクールで、女の子に興味がない感じでしたが……そうですか……わたしのことが好きなんですか……。ふ、ふーん……。

でも、わたしのどこに惹《ひ》かれたのでしょうか？

キレイさだったら澪《みお》ちゃんに勝てないですし、一緒にいて楽しいのは玲奈《れな》ちゃんでしょうから、わたしが勝てる要素は……やっぱり胸の大きさでしょうか？

少なくともこのシェアハウスの女子３人の中では、わたしが一番大きいです。

「まったく、男子という生き物は……」

いえ、濡《ぬ》れ衣《ぎぬ》かもしれないですけれど。

でも、好きになった理由の１つは絶対胸だと思います。許せません。

……蓮さん。筋肉がないから正直あんまりタイプじゃなかったんですけど、気が利く方ですし、付き合ったら優しくしてくれそうですよね。堅実そうだから、タバコとかギャンブルとかしなそうですし、意外と優良物件かもしれません。

わたしはぐるぐる考えつつ、袋を破いてシュークリームを取り出しました。

スーパーで買ったごく普通のシュークリームだと思うのですが、不思議と、人気店の高級シュークリームくらいの価値を感じます。

ひとまずテーブルに置いて、色々な角度から記念撮影してみました。

どんどん愛着が湧いてきて、食べるのがもったいなくなってきます。

ですが、朝まで部屋に置いておくわけにはいきませんし、冷蔵庫に入れたら他のみんなに見られてしまいます。

心を鬼にして、一口かじってみました。

……ちょっと甘すぎますね。

「でも、大事なのは、くれた人の気持ちですからね」

ニヤニヤ笑いを浮かべながら、シュークリームを完食しました。男子に貢いでもらったシュークリームを食べるというのは、最高に気分が良いものでした。

ふふっ。蓮さんは明日以降も何かサプライズしてくれるのでしょうか？

ベッドにうつ伏せになったわたしは、思わず両足をバタバタさせました。

第2話① 恋愛に興味津々なヤツら【日比谷蓮の視点】

高校生の男子は、ヒマさえあれば女性のことばかり考えている生き物だ。

だが、俺のような陰キャは、絶対にそれを表に出したりしない。

どうすればモテるか検索していることは絶対にバレたくないし、恋愛ドラマを観《み》ていることすら迂闊《うかつ》には話せないのだ。

でも、いつだって頭の中はそんなことでいっぱいだ。教室で女子のことを考え始めたら、先生の声など聞こえなくなり、あっという間に授業についていけなくなる。

だけど、そんな状態になるのは、俺が男だからだと思っていた。女の子は清廉潔白で、アホな男とは違うのだろうと。

しかし、このシェアハウスに暮らしてみてわかった。異性や恋愛に興味津々なのは、男子だけではない。

むしろ、恋愛に関する情報を取りに行くという点においては、女子の方が積極的な気さえする。

「へー。肩と胸の筋肉が多い男はモテるらしいわよ」

６月15日の18時過ぎ。３人掛けソファの真ん中に座っている玲奈《れな》さんが、ダイニングテーブルでスマホをいじっている俺に向かって、そう話しかけてきた。

今このリビングには、俺と玲奈さんの２人だけがいる。

玲奈さんは半袖Tシャツに短パンというラフな格好だ。ただ前を向いているだけで、真っ白い二の腕やふとももが視界に入ってくる。

玲奈さんはかなり可愛《かわい》いので、目のやり場に困ると思いつつ、俺は用もないのにリビングに居座り続けている。

玲奈さんは録画していた恋愛をテーマにしたテレビ番組を観ており、学者のおじさんが「女性は本能的に強そうな男性、特に上半身の筋肉量が多い男性に惹《ひ》かれる」と発言したことを、俺に報告してきたのだ。

音量的に俺にも聞こえていることは明らかなので、玲奈さんはテレビを観ながら誰かと話したい性格なのかもしれない。

俺はスマホを置いて対応することにした。

「そうなんだ。じゃあ颯太《そうた》はモテモテだね」

「颯太は……黙っていればモテると思うわ」

「脳筋じゃダメってことか」

「颯太《そうた》は脳筋とはちょっと違う気もするけどね。それより、蓮《れん》は筋トレしないの？」

「今のところ、予定はないよ。現代社会において、苦労して筋肉をつけるメリットは小さいと思うからね。そもそも、筋肉質の男性に惹《ひ》かれるのは遺伝子に組み込まれた本能みたいなもので、理屈で考えたらおかしいと思うよ。石器時代みたいに狩猟するわけでも、戦国時代みたいに戦をするわけでもないんだからさ」

「わかってないわね。女子は強い男に守ってほしいのよ」

「具体的に何から守られたいの？」

「それは……暴漢とか？」

「相手は武器を持っているかもしれないし、素人が下手に反撃するのは危険だよ。格闘家でさえ、刃物を持っている人と遭遇したら全力で逃げるらしいし、安全を確保した後で警察を呼ぶべきだと思う。私人逮捕しようとするのは勇気じゃなくて、ただの無鉄砲。よって、暴漢に立ち向かってほしいと考えるのは、男性を危険にさらす邪悪な思想だよ」

「邪悪とまで言う？　蓮って本当に理屈っぽいわよね」

「俺は事実を言っているだけだよ」

「でもさ、ちょっとは筋トレした方が良くない？　蓮って腕細いし、腕相撲したらアタシが勝ちそうじゃない」

「いや、さすがに女子には負けないと思うけど」

「そう？　じゃあ勝負してみる？」

玲奈《れな》さんは自信満々に言い、ダイニングテーブルにいた俺の正面に移動してきて、右肘を置いた。

手のひらを開いたり閉じたりしながら、俺を威嚇してくる。

「負けた方は罰ゲームね」

「玲奈さんって、意外と子どもっぽいね」

立ち上がりざまに言うと、玲奈さんはニヤッと笑った。

「未成年なんだから、当然でしょ」

「そうだけど、女子ってあんまり罰ゲームを提案してこなくない？」

「それは男女差別よ」

「そっか、ごめんね」

謝りつつ、こっそり手のひらをTシャツの裾で拭った。もし手汗をかいていたら最悪だからな。

俺は立ち上がり、右肘をテーブルの上に置いた。とはいえ、自分から異性の手を握る勇気はない。

しかし、玲奈さんは迷いなく手を組んできた。やわらかい女子の手だったので、ドギマギしてしまう。

玲奈《れな》さんは可愛《かわい》らしい女の子なのに、こういう物理的に距離感が近い行動を取ることが多い。そして俺はいつもドキドキさせられてしまう。

「で、どんな罰ゲームがいいかしら？」

楽しげな玲奈さんに質問され、俺は言葉に詰まる。

「急に言われても、何も思いつかないよ」

「んー。じゃあさ、キッチンにバナナが1本だけ残ってるでしょ？」

「うん」

「負けた方はあのバナナを、熱そうに食べることにしましょ」

「なんで!?」

「レディー、ゴッ！」

玲奈さんは俺のツッコミを意に介さず、勝手に勝負を始めた。

不意を突かれて手の甲がテーブルに接触しそうになったが、何とか食い止めた。そしてすぐに中間地点まで押し戻す。

「ふぬぬぬぬ……!!」

「どうしたんだい玲奈さん、口ほどにもないね」

「クソッ……その細腕のどこにこんな力が……!!」

「女の子がクソとか言わないの」

俺は再び男女差別発言をしつつ、玲奈さんの右手を相手の領域に押し込んでいく。

「ちょっ！　男なんだから、少しは手加減しなさいよ！」

「玲奈さん、それは男女差別だよ」

「差別してもいいから手加減しなさい！」

「開き直らないでよ」

そうツッコんだのと同時に、玲奈さんの手の甲をテーブルに衝突させた。

勝負が決まり、右手を放した後、玲奈さんは唇を尖《とが》らせる。

「蓮《れん》は大人げないわね～。そんなにアタシがバナナを熱そうに食べるところを見たかったわけ？」

「いや、そんな特殊すぎる欲求は持ち合わせていないんだけど」

ていうか、バナナを熱そうに食べるって何？　何が目的でそんなことするの？

などという疑問で頭がいっぱいになっている俺を余所《よそ》に、玲奈さんはバナナを手に取ったのだが――

「あちちっ！　ふーっ、ふーっ」

すぐさまバナナをテーブルに置き、何度も吐息をかけはじめた。

まるで出来立ての焼き芋を扱っているかのようだ。

「そろそろ触れるようになったかしら？」

玲奈《れな》さんは両手の親指と人差し指だけでバナナを摘《つ》まみ、恐る恐る皮を剥《む》いていく。

そして露出したバナナの先端に、ゆっくりと口をつけた。

「――熱っ！」

玲奈さんは悲鳴に近い声を上げ、体をのけぞらせた。

「はひーっ！　超熱いわ！」

そう訴えつつも、再びバナナに挑戦する。

「はふぅっ！　ほふほふっ！」

玲奈さんは呼吸を荒くしながら、バナナに歯を立てた。

「はふはふっ！　噛《か》んだら中がさらに熱いわっ！」

常温のバナナに悪戦苦闘する玲奈さん。無駄に演技力が高く、本当にバナナが熱いんじゃないかという気がしてきた。

「ほふぁっ！　ごほごほっ！　舌ヤケドしたわっ！　水っ！　水っ！」

玲奈さんは先端が欠けたバナナを放り出し、すぐ横にあるキッチンにダッシュ。コップに水を汲《く》み、一気に呷《あお》った。

「はぁっ……はぁっ……。あー、熱かったー……」

玲奈さんは涙目になり、自分の顔を扇いだりしている。

何この迫真の演技……。

「――どう？　本当にバナナが熱そうに見えた？」

玲奈《れな》さんは天真爛漫《てんしんらんまん》な笑みを浮かべ、演技の出来を質問してきた。

「うん、見えたよ。最初はバカなことをやっているなって思ったけど、引き込まれたっていうか、玲奈さんは普通に可愛《かわい》いし、女優になれるのでは？

「よし、それじゃあリベンジマッチよ。次は左手で勝負しましょ。負けた方は冷蔵庫のキュウリを辛そうに食べるの」

「嫌だよ」

俺はきっぱり断り、３人掛けソファの左端に座った。玲奈さんはつまらなそうにしながらも、すぐ隣に腰を下ろす。

テレビではオススメの筋トレメニューの解説が終わり、別の学者っぽいおじさんが「女性は他の人がいいと言った男性が魅力的に見える」と言い出した。

「へー。催眠術っぽくて面白いわね」

「そんな簡単に印象操作できるものかな？」

「できるんじゃないかしら？　アンタも新しい漫画を探す時、友達にオススメを聞いたりするでしょ？」

「異性と漫画では、ジャンルが違いすぎると思うんだけど」

「疑《うたぐ》り深《ぶか》いのね。じゃあさ、他人の思考を操れるかどうか、実験してみない？　被験者は……男子に興味がなさそうな澪《みお》で」

玲奈さんはイタズラっ子のように笑いながら提案してきた。

「アタシが蓮《れん》のことを褒める前と後で澪の言動に変化があれば、実験成功よ」

「別にいいけど……」

正直、そんなもので魅力が変わるとは思えない。しかし俺からしたら、この実験をするリスクはゼロだ。

さっきの玲奈さんの演技力の高さを見るかぎり、澪さんに悪だくみがバレることはないだろう。

澪さんは性格がキツく、思ったことをそのまま口に出すきらいがあるので、正直なところ苦手だ。２人きりで話すのは、なるべく避けてきた。

しかしかなりの美人なので、もし恋愛対象として見てもらえるのなら、大歓迎だ。好意を持ってもらえたら、俺だけが優しく接してもらえるかもしれないし。

「じゃあ、実験開始する時は連絡してくれ」

俺は都合がいい妄想をしながら、そう依頼したのだった。

第2話② 恋愛に興味津々なヤツら【月山玲奈の視点】

アタシは楽しいことが大好き。というより、退屈な時間が嫌い。ヒマな時間が続くと全身がむず痒《がゆ》くなってきて、叫びたくなっちゃうんだよね。

両親は共働きで帰りが遅かったから、中学校までは1人の時間が長かったわ。

家では動画を観《み》たり、スマホゲームをしたりしていたんだけど、常に物足りなさを感じていたの。だから放課後はギリギリまで教室に残って、勉強している人たちにちょっかいを出していたわ。

このシェアハウスは、ヒマな時にリビングに行くと大抵遊び相手がいて、すっごく楽しい。たぶんアタシは、人と直接話すのが好きなんだと思う。

今日は蓮《れん》と話していて、楽しいイタズラを思いついたわ。澪《みお》の思考を操れるか、実験してみることになったのよ。

ニヤニヤしながらリビングで待機していると、お風呂上がりの澪と2人きりになることができたわ。

澪はすごく美人で、同じ女性なのにドキッとしちゃう。アタシが男だったら、憧れまくっていたと思うわ。

「……玲奈《れな》、どうかしたのか？」

「いいえ、どうもしないわよ」

ごまかしつつ、ソファで涼む澪のすぐ右横に座ったわ。シャンプーのいい匂いが漂ってきて、抱きつきたくなっちゃった。

なんて、同性に見とれてないで、実験を開始することにするわ。

とはいえ、これが実験だと悟られないように、恋愛とは少し遠いところから話し始めないとね。

「澪ってさ、将来の計画すごい考えてるじゃない？　20代のうちに年収1千万を目指すとか、どんな企業に入ってどんな副業をしたいとかさ」

「所詮は捕らぬ狸《たぬき》の皮算用だがな」

澪はバスタオルで長い黒髪を拭く手を止めて、自嘲したわ。

「でも、具体的な目標があるってすごいわよ。ちなみに、結婚については考えてるの？」

「もちろんだ。20代のうちに結婚し、30代のうちに子どもを2人以上産むのが理想だな」

「どんな人と結婚するかは考えてるの？」

「少しは条件を考えている。仕事をしていて、家事に協力的であること。子どもをほしいと思い、育児に積極的に関わる意志があること」

「かなり具体的に考えてるのね」

「当然だ。付き合う前に相手の意志を確認する」

「でもさ、付き合う前に結婚後のことを持ち出されたら、相手の男に引かれるんじゃないかしら？」

「この程度の質問に答えられないような人間は恋愛対象にならない。条件の折り合いをつけずに、どうやって交際をスタートさせるというのだ？」

「そりゃあ、とりあえず好きだから、とかかしら」

「愚の骨頂だな」

「そこまで言う……？」

「これは私の叔母の話なんだが、最近、付き合って8年の彼氏と破局したらしい。叔母は結婚して子どもがほしいし、一軒家を買いたかった。しかし彼氏は子どもを望まず、家も賃貸のままでいいと意見が対立したそうだ。

　母はこの件をさも不慮の事故のように私に語ったが、こんなもの最初にお互いの意思を確認しておけば防げた事故だろ。『絶対に子どもがほしい女性』と、『絶対に子どもがほしくない男性』が結婚できる可能性は通常ゼロなわけだし」

「でもさ、恋愛ってそんなにシステマチックに進めるものじゃなくない？　結婚がすべてじゃないんだし、好きな人と一緒にいられたらそれでいいって考えもあると思うわ」

「ただの恋愛ならそれでもいいが、最終目標が結婚である場合、どんどん時間が無駄になる。現に叔母は8年を無駄にし、30代後半になってしまった」

「今からまたいい人を探せばいいじゃない」

「簡単に言うが、出産は命がけだ。若い時の方がリスクは小さい。それに結婚するのが早ければ、たくさんの子どもを産める。別に晩婚を否定するわけではないが、年を取ればリスクは高まり、選択肢が減る。これは生物として抗《あらが》いようのない事実だ」

「……なんかすいませんでした……」

相変わらず澪《みお》は理屈っぽかったわ。蓮《れん》といい勝負ね。こいつら結婚すればいいのに。

とはいえ澪の意見は理路整然としているし、自分の中になかった考えが入ってくる感じがして、面白いわ。

だからアタシは、蓮や澪の話を聞くのがけっこう好きなのよ。

さて。予定よりだいぶ前置きが長くなってしまったけど、恋バナを始めるとしましょう。

「じゃあさ、家事の分担とか、子どもを産むかどうかとかの条件の折り合いがついた後は、どうやって男を選ぶの？」

アタシが質問すると、澪は口を真一文字に結んで、しばらく黙り込んだわ。

かと思うと、大真面目な表情で、衝撃的なことを言い出したの。

「考えたことがなかった」

「本当に⁉　これまで好きになった人はいないの⁉」

「学生時代の恋愛など時間の無駄だし、望まぬ妊娠をしたら人生の選択肢が狭まるから、真剣に考えたことがない」

「同じクラスの男子を見て、この人カッコイイなーって思ったことくらいあるでしょ？」

「見た目はその人間の努力量と相関関係にないから、一時の気の迷いだと考えていた。仮にイケメンとの間に子どもを作れば、その子も顔が整っていて遺伝子を後世に残せる可能性は高まるが、私の第一目標は子孫繁栄ではないし」

「自分の美的感覚さえも理屈っぽく考えるのね……。じゃあさ、好きなタイプとかないの？　有名人でいうと誰が好きみたいな」

「ホンダを創業した本田宗一郎《ほんだそういちろう》の考え方は尊敬している」

「有名人っていうのは、そういうことじゃないわよ。この俳優さんの顔が好きとか、そういう種類の話」

「俳優か……ドラマはあまり観《み》ないからな……」

「ネットで動画とか観ないの？」

「もちろん観るが、経営者がビジネスについて語る動画がほとんどだな。私の推しは30代以上の経営者ばかりだ」

「経営者を推すことってあるのね……」

「おかしいのか？」

「おかしいというか、あんまり共感できないというか……？　経営者って、応援したいって気持ちになるのかしら？　すでに成功してるし、年収すごいでしょ？」

「その理屈でいくと、売れているアイドルやスポーツ選手も推せないことになるぞ」

「それはそうだけど……」

「私は逆に、年収数億円の野球選手の試合をテレビで観て応援する人間の感覚が理解できない。たとえその試合でヒットを打てなかったとしても、そいつの残りの人生はバラ色じゃないか。頑張らなければならないのは、まだ大成していないお前だろう。……まぁ、私の父親のことなんだが」

「辛辣……」

ダメだわ。蓮《れん》を褒めるところまでたどり着けない。

いいえ、頑張れアタシ。もう強引でもいいから、とにかく蓮を褒めるのよ。

「じゃあさ、身近にいい人がいないか考えてみましょうよ。アタシ的には……蓮なんかオススメなんだけど、どうかしら？」

そう切り出すと、澪《みお》は意外そうな顔をしたわ。

「具体的にどんなところがいいんだ？」

「――えっ？」

ここでアタシは、自分の失敗に気がついたわ。

褒めるポイントを考えてなかったのよ。

蓮《れん》はけっこう顔が整っているし、背も高い方だと思う。でもさっきの話を聞くかぎり、そういう薦め方をしても、澪《みお》には刺さらなそうよね……。

他に褒めること……。5月の中間テストの順位がかなり上位だったと思うけど、1位だった澪には敵《かな》わないのよね……。

「えっとねー……あ、そうそう。この前リビングで蓮と2人でゲームしてる時にけっこうデカい虫が出たんだけど、アタシが怯《おび》えていたら、率先して退治してくれたのよ」

「そのくらい普通なのでは？」

澪は心底から不思議そうに小首をかしげたわ。まさか、虫が平気なのかしら。

「違うのよ。アタシと同じで、蓮も虫が苦手なの。でもアタシが嫌がってるのを見て、頑張ってくれたのよ。そういうのって良いと思わない？」

「そうか？　虫が苦手じゃない人間の方が優秀なのでは？」

「そういうことじゃないの！　なんかこう、自分のために勇気を出してくれたのが嬉《うれ》しいっていうか……。蓮と一緒にいたら、アタシが他のことで困った時も助けてくれそうじゃゃん！」

──って、なんでアタシ、こんな必死に弁護してるのかしら。

たしかに、虫を退治してもらった時は嬉しかったわ。

でも今はあの時以上に、気持ちが高ぶっている気がする……。

「あ、あと、蓮って意外と力が強いのよ。さっきアタシ、腕相撲で軽々負けたんだから」

「女子が男子に力で勝てなくても普通だし、もっと他に力が強い人はいると思う」

「それはそうなんだけど！」

たしかに上には上がいるし、蓮の褒めるべきポイントは腕力じゃないんだと思うわ。でもあの細腕で意外と力強いっていうギャップがいいっていうか、アタシにとって、最初に思いつく蓮の魅力はこの２つなわけで……。

なんて考えていたアタシは、妙に腹が立っていることに気がついたわ。

正直、澪は感性がおかしすぎて、被験者として相応《ふさわ》しくなかったのよ。

でもこのもどかしさは、澪に話が通じなかったことだけが原因じゃない気がするわ。だって、まるで、自分の大切な人をバカにされたみたいな感覚で……。

……もしかしてアタシ、蓮の長所を考えていて、良さに気がついちゃった……？

いやいや、澪に催眠をかけようとして、逆に自分がかかっちゃうなんてバカみたいなこと……あるわけないわよね？

だってアタシ、今日の夕方、蓮の前でバナナを熱そうに食べちゃったのよ……？

勝手に動揺しまくったアタシは、実験を中断して部屋に戻ることにしたわ。

でも、2階の自室に戻る最中、階段でしゃがんで隠れている蓮《れん》と目が合ったの。

すぐにすべてを察した。さっきの会話を、全部聞かれていたんだわ。

近々実験することは伝えていたんだし、こういう事態は予測しておくべきだった——

思わず目を逸《そ》らして、蓮の横をすり抜けて階段を駆け上がったわ。

それで部屋に戻ってすぐ、自分の行動を思い返した。

あの状況で何も言わないのはおかしかったかしら？　目を逸らしたのは変だったかしら？　ひょっとして、動揺を悟られたかしら？

たぶん大丈夫だと思いつつも、頭の中で何度もぐるぐる考えてしまうのを止められなかったわ。

第2話③　恋愛に興味津々なヤツら【五十嵐澪の視点】

先日、同じクラスに「ダイエットしてるのに痩せない」と言っている女子がいた。私は「血糖値の急上昇を避けるために、まず野菜を食べろ。あるいは適度にタンパク質や脂質を含むおかずでもいい。その後で炭水化物を食べれば、消化吸収がゆるやかになる」とアドバイスした。彼女は「教えてくれてありがとう」と言っていた。

しかしそいつは翌日、昼休みになってすぐ、堂々と菓子パンを食いやがった。机の上に野菜の類は見当たらなかった。

なぜ目標に向かって努力ができないのかと問うたら、鬱陶しがられた。「だって、食べたかったんだもん。ほっといてよ」と。

人間は矛盾した生き物だ。目標を立てるくせに、常に最善の行動を取れるわけではない。欲に負け、楽しい方に流される。そのくせ、目標を達成できないと文句を言うのだ。愚の骨頂である。

怠惰な人間は視界に入れたくない。別に見下しているわけではなく、自分も流されそうになるからだ。

努力を続けるには、まず環境を整えなければならない。私も弱い人間だから、周囲からサボり癖のある人間を排除しなければ。

先ほど玲奈《れな》に将来のパートナーのことを聞かれた後、ドライヤーで髪を乾かしつつ、しばらく考えてみた。

その結果、結婚する相手はどんなジャンルでもいいから目標を持っていて、それに向かって努力をしていてほしいという結論に達した。

と、そこで誰かが階段を下りてきた。蓮《れん》だった。

蓮は生真面目な人間で、不摂生をしているところを見たことがない。甘い物が好きなようだが、痩せているし、自分を律することができる人間のはずだ。

加えて、朝会った時に眠そうにしていないから、毎日睡眠をちゃんと取っているのだろう。健康に対する意識が高いのは素晴らしいことだ。

「――蓮。君は将来の夢や目標はあるか？」

単刀直入に質問すると、蓮はしばらく言葉に詰まった。

「……特にないけど、急にどうしたの？」

「私のパートナーにふさわしいかを調査したかっただけだ」

「はっ⁉」

「目標がないならいい。忘れてくれ」

「――いやいや、ちょっと待って。目標、目標だよね……」

なぜか蓮は慌てだした。

「とりあえず、国立大学に入って、会社員か公務員になりたいと思っているよ」

「そのためにどんな努力をしている？」

「努力……毎日高校に行って勉強してるけど」

「なるほど」

「面白味《おもしろみ》のない回答でごめんね」

「私は面白味など求めていないから大丈夫だ」

目標を実現するために必要なのは、地道な努力。一発逆転の奇策などいらない。一歩一歩、前に進み続ける根気が大事なのだ。

「蓮が努力する人間かどうかは、今後の試験結果などを見て判断するとしよう」

「が、頑張ります……」

「ちなみに、蓮は将来子どもをほしいと思っているか？」

「えっ……。そりゃあ、できることならね」

「何人だ？」

「世帯年収とか、その時点の子育て支援の内容にもよると思うけど……２人くらいかな？」

「賢明な判断だな」

子どもを増やしすぎて経済的に困窮することになれば、家族全員が不幸になってしまう。今後の日本経済がどうなるかによって、柔軟に考えを変えることが大事だ。

「結婚後の家事分担についてはどう考えている？」

「……何も考えたことがないけど」

「そうか」

「あ、えっと、そういう答え方は良くないよね。そうだな……結婚相手と話し合って決められればいいなと思っているよ。お互いの得意分野とか、労働環境とかによって臨機応変に対応したい……かな」

「ふむ」

私としては、満足のいく返答だった。

蓮《れん》はこのシェアハウスでも多くの家事をこなしており、特に掃除は丁寧だ。卒業後も共同生活を送る対象として申し分ないだろう。

「他に何か聞きたいことはある？」

蓮からそう問われ、私は思考が停止した。

家事に協力的で、子どもを望んでおり、目標に向けた努力もしている。結婚相手の条件をひとまずそう設定したが、条件の合致後はどうすればいいのだろうか？　候補者をさらに増やす？　何人まで？　どうやって候補者を絞る？　試験をするのか？　どんな？　そもそも、相手に私のことを選んでもらえるのか？

「……合否については、追って報告する」

「う、うん……」

私が絞り出した返答によって、蓮は困惑したようだ。

自分で言っておいてなんだが、合否って何だ？　一方的に面接官みたいなことをしておいて、私は何様なんだ？　しかも合格の場合、私と蓮はどうなるというのだ？

ああもう、玲奈《れな》が突然変なことを言ってきたせいで……!!

「じゃあ……おやすみ」

沈黙に耐えられなくなり、私は一方的に別れを告げて２階の自室に戻った。

今夜の出来事によって、わかったことがある。私は異性との交渉に慣れていない。圧倒的に経験が不足しているのだ。

私の人生の目標の１つである『20代のうちに満足のいくスペックの男性と結婚する』が、途端に難しいものに感じられた。もしかすると恋愛というのは、かなり技術が必要なことなのかもしれない。

だとしたら、今のうちから訓練しておかねば。

私は机の上にノートを広げ、作戦を練る。

まずは男子を恋愛対象として捉え、自分を好きになるように仕向けるのだ。

考えてみたら、いい男性は競争率が高いのだから、学生のうちから確保しておいた方がいいに決まっている。青田買いというやつだ。

今日の失敗を糧とするため、さっそく明日から動くとしよう。

第2話④　恋愛に興味津々なヤツら【日比谷蓮の視点】

澪《みお》さんの思考を操れるか実験を行うことになった日の夜。俺はシェアハウスの階段で息を潜め、リビングでの2人の会話に聞き耳を立てることにした。

ただしゃがんでいるだけなのに、女子の会話を盗み聞きしていると、ものすごい大罪を犯している気分になるから不思議だ。

別に犯罪ではないのに、脳みその半分くらいを使って、誰かに見つかった時にどう言い訳するかを何度もシミュレーションしてしまう。

頭脳を並行で使い、渾身《こんしん》の集中力を発揮して聞いていたかぎり、玲奈《れな》さんのプレゼンは失敗していたと思う。俺を褒めるのが下手すぎて、澪さんに言い負かされていたのだ。

やがて、玲奈さんがこっちに歩いてきた。目が合ったが、上手《うま》くプレゼンできなかったことが気まずいのか、すぐに逸《そ》らされた。

とはいえ一応、澪さんの心境の変化を調べておきたい。俺はそのまま階段で待機し続けた。

玲奈さんが自分の部屋に戻ってから、5分ほどが経《た》った頃。澪さんがドライヤーを使い終わったタイミングで、わざと大きな足音を立てて階段を下りた。

「──蓮《れん》。君は将来の夢や目標はあるか？」

リビングに入った瞬間に質問され、さすがに反応に困った。

「……特にないけど、急にどうしたの？」

「私のパートナーにふさわしいかを調査したかっただけだ」

「はっ!?」

「目標がないならいい。忘れてくれ」

澪さんが会話を終了しようとしたので、慌てて食い下がる。

「──いやいや、ちょっと待って。目標、目標だよね……」

俺は慌てて考えるが、何も思いつかない。将来の夢って、インフルエンサーとか、スポーツ選手とかだよな？　俺は普通の企業に就職して普通に一生を終えられればそれでいいんだけど……。

仕方ない。こうなったら、正直に答えよう。

「とりあえず、国立大学に入って、会社員か公務員になりたいと思っているよ」

「そのためにどんな努力をしている？」

「努力……毎日高校に行って勉強してるけど」

「なるほど」

「面白味《おもしろみ》のない回答でごめんね」

「私は面白味など求めていないから大丈夫だ」

澪《みお》さんはピシャリと言い、値踏みするような視線を向けてきた。

「蓮《れん》が努力する人間かどうかは、今後の試験結果などを見て判断するとしよう」

「が、頑張ります……」

気圧《けお》されつつ、取ってつけたように前向きなことを言っておいた。

「ちなみに、蓮は将来子どもをほしいと思っているか？」

「えっ……。そりゃあ、できることならね」

「何人だ？」

またしても答えづらい質問をされた。理想の子どもの人数なんて、考えたこともない。

「世帯年収とか、その時点の子育て支援の内容にもよると思うけど……2人くらいかな？」

「賢明な判断だな」

澪さんは腕組みし、満足そうに頷《うなず》いた。俺の返答を気に入ってくれたみたいだ。

「結婚後の家事分担についてはどう考えている？」

「……何も考えたことがないけど」

「そうか」

澪さんが残念そうな声を出したので、俺は慌てて言い直す。

「あ、えっと、そういう答え方は良くないよね。そうだな……結婚相手と話し合って決められればいいなと思っているよ。お互いの得意分野とか、労働環境とかによって臨機応変に対応したい……かな」

「ふむ」

澪さんは再び満足そうに頷いた。

今更だが、これは玲奈《れな》さんの実験が成功して、澪さんが俺に魅力を感じているということなのだろうか？　それにしては、聞かれることが事務的すぎる気がするんだけど……。

実験結果を探るため、今度はこっちから質問してみよう。

「他に何か聞きたいことはある？」

そう問いかけると、澪さんは目を泳がせた。何やら黙考しているようである。

「……合否については、追って報告する」

「う、うん……」

なんか、俺が澪さんの結婚相手として名乗りを上げたみたいな言われようだった。

一方の澪さんは、自分が変なことを口走っているという自覚はあるらしく、口をモゴモゴさせている。

こういう表情の澪さんを見るのは初めてで、なんだか得した気分だ。

「じゃあ……おやすみ」

澪《みお》さんは一方的に言い、俺の返答を待たずにリビングを出ていってしまった。

実験結果としては、澪さんは俺に魅力を感じているわけではなさそうだ。しかし、異性として意識させることには成功した……のか？

ひとまず報告のため、俺は2階の玲奈《れな》さんの部屋のドアをノックした。スマホでも用件は伝えられるのだが、女の子の部屋を訪ねられるチャンスだからな。

やがて玲奈さんがドアを開けてくれたので、澪さんに聞こえないよう、小声で話し始める。

「今ちょっと澪さんと話したんだけど、俺に魅力を感じている様子はなかったよ。ただ、明らかに挙動不審だったかな」

「……そっか」

予想に反し、玲奈さんの反応は薄かった。てっきり、嬉々《きき》として「明らかに挙動不審って、どんな感じだったの？　アタシの催眠の効果かしら？」などと根掘り葉掘り聞いてくると思っていたのに。

というか、なぜか玲奈さんは気まずそうにしている。俺の目を見ようとしないのだ。

「どうかしたの？」

「なんでもない……」

「眠いの？」

「そういうわけじゃないんだけど……」

玲奈さんの返答は歯切れが悪い。

俺、何か怒らせるようなことをしただろうか？

「……さっきさ、アタシ、バナナを熱そうに食べるっていう奇行をしたじゃん？」

「う、うん」

「アレ忘れて」

「へ？　なんで？」

「なんでもいいから、忘れて」

睨《にら》まれてしまった。一体何なんだ？

というか玲奈さん、バナナを熱そうに食べるのは奇行だという自覚があってやっていたんだ……。

第3話① 盗撮犯の目覚め【橘陽万里の視点】

夜中に突然ミャーちゃん成分が足りなくなりました。発作的に、ミャーちゃんに会いたくて堪《たま》らなくなったのです。

しかし、こんな時間におばあちゃんの家に乗り込むわけにはいきません。応急処置として、実家の母に写真を送ってもらうことにしました。

母は突然送ったメッセージに快く対応してくれたのですが、ミャーちゃんの御尊顔《ごそんがん》が送られてきた後、シェアハウスの住み心地はどうかと尋ねられました。

そういえば、シェアハウスでどんな人と暮らしているかは伝えましたが、設備のことはあまり詳しく教えていませんでした。

とはいえ、言葉で説明するのは大変です。もう23時すぎですが、建物内の動画を撮って送ることにしました。

自分の部屋から始まり、リビング、キッチンの順に撮影していると、バスルームに繋《つな》がる扉が開きました。

「――あっ」

わたしは思わず声を出してしまいました。脱衣所から出てきた蓮《れん》さんは、上半身裸だったからです。

「ご、ごめん……」

蓮さんは恥ずかしさと申し訳なさが入り混じった表情で言い、すぐさま脱衣所に引っ込みました。

このシェアハウスには『リビングなどの共有スペースに移動する際は、男子でもキチンと服を着ること』というルールがあるのです。

静まり返ったリビングで、わたしはしばらく動けませんでした。

……偶然とはいえ、上半身裸の蓮さんが撮れてしまいました。

もちろん、男子の上半身なんて、水泳の授業でいくらでも見ることができます。でもさっきの蓮さんはお風呂上がりで、何となく意味合いが違う気がするのです。

しかもわたしは、その気になったら、上半身裸の蓮さんをいつでも見ることができてしまいます。

自分の中に、謎の高揚感があるのを感じました。

ヤバいです。盗撮犯って、こういう心境なのかもしれません。

いやいや、これは盗撮じゃありません。偶然撮れちゃっただけです。

ようやく気持ちの整理がついたわたしは、ずっと撮影中になっていたスマホを止めました。

写真フォルダ内には、さっきの動画が間違いなく存在しています。

再生し、終盤まで進めると……上半身裸の蓮《れん》さんがバッチリ映っていました。

……蓮さんの体、エロッ。

男の子の乳首、小さっ。

——いやいやいや、何を不埒《ふらち》なことを考えているんですかわたしは。はしたないですよ。

すぐさま再生を止め《や》、動画を削除しようとしました。お母さんに送る動画は、最初から撮り直すことにしましょう。

……でも、今から撮り直すのはけっこうな手間ではないでしょうか？　動画を分割して、前半部分だけをお母さんに送る方が効率的です。

それに、わざわざ消す必要ありますかね？　それだと、逆に意識している感じがするのではないでしょうか？

そんな葛藤をしていると、ちゃんとTシャツを着た蓮さんが脱衣場から出てきて、クーラーの真下に移動しました。

「蓮さん、服を着ないのは規則違反ですよ」

わたしは動揺を悟られぬよう、なるべく軽い調子で注意しました。

「ごめん。脱衣場は蒸し暑かったから、しばらくリビングで涼みたかったんだ。こんな時間に陽万里《ひまり》さんがいると思わなかったし」

「たしかにここの脱衣場、窓を開けていないと熱気がこもりますよね」

でも窓を開けると外から見える可能性があるので、入浴時は開けられないのです。

わたしもさっきお風呂上がりに、できることなら裸のままクーラーの下に行きたいと思いました。

「だけど、蓮さんが規則を破るなんて、意外でした」

「……たぶん男子はみんな、こっそりやっていると思うよ。最近暑い日もあるしね」

「えっ。そうなんですか？」

「うん。颯太《そうた》なんてこの前、着替えを忘れたからバスタオル１枚で３階の部屋まで移動したって言っていたし」

「ええっ⁉　そうなんですか⁉」

その姿を想像して、思わず顔が熱くなりました。

もし遭遇したら、どうしましょう。

いや、どうもしないんですけど……。

でも、バスタオル１枚というのは、さすがに危なすぎます。もし落ちてしまったら、どうするつもりなのでしょうか。

「これからさらに暑くなるし、何か暑さ対策を考えないといけないね。脱衣所に扇風機を置くとかさ」

「そ、そうですね」

真面目に思案する蓮《れん》さんを見て、わたしは暑さ対策を阻止したい衝動に駆られました。その理由はもちろん、露出度の高い男子と遭遇する確率が下がるからです。

——って、こんなことを考えるなんて、今日のわたしはどうかしています。

「扇風機のこと、そのうちみんなに提案してみましょうか」

少なくともわたしから提案することはないだろうなと思いつつ、取ってつけたようにそう言っておいたのでした。

第3話②　盗撮犯の目覚め【月山玲奈の視点】

朝7時。アタシは忌々しいスマホのアラームで目を覚ましたわ。

寝転がったまま「ストップ」と言った後、二度寝をしそうになるのを必死に我慢する。

アタシは今日、朝食当番なのよ。

もし7時半までに用意しておかなかったら、澪《みお》に嘆息まじりで「みんなで決めたことだぞ？　なぜこんな簡単なルールを守れないんだ」なんて責められてしまうわ。

ちなみに澪は毎朝5時には起きて勉強を開始しているし、7時10分を過ぎても朝食当番が起きてこなかったら、代わりに準備を始める完璧超人よ。当番を起こすんじゃなく、自分が代わりに作るところが澪らしいわね。

おかげでこっちは反論の余地がないから、反省と感謝の念を抱きながら、まき散らされる小言に黙って頷《うなず》くしかなくなるのよ。

あくびをしながら服を着替え、部屋を出てリビングに行くと、陽万里《ひまり》がソファでくつろいでいたわ。スマホに集中していて、アタシの存在に気付いていないみたいだった。

妙にニヤニヤしているので何を見ているのか気になって、こっそり背後に回り込んでみることにしたわ。

「――えっ」

思わず声が出ちゃったわ。

だって、陽万里《ひまり》のスマホには、上半身裸の蓮《れん》が映し出されていたんだから。

「――あっ、違うんです。これは偶然映ってしまっただけで……」

陽万里はスマホの画面を隠し、慌てた様子で弁明したけど、蓮を見てニヤニヤしていたことに変わりはないわ。

まさか、陽万里って蓮のことを……。

って、ヤバい。今アタシ、蓮のことが超気になってる。

これ、『女性は他の人がいいと言った男性が魅力的に見える』ってヤツじゃない。

理屈がわかっているのに意識しちゃうなんて、アホすぎるわ。いつからアタシはこんなチョロくなってしまったのかしら。

「そ、そっか。一緒に暮らしていたら、そういうこともあるわよね」

アタシは動揺を隠しつつ、何とか返事を絞り出したわ。

本当は陽万里の本音を聞き出したいけど、怖いから無理だった。だって、陽万里がライバルになったら、勝てるわけがないんだから。

……でも、そっか。蓮って意外とモテるんだ。
これは、うかうかしていられないわね……。

第4話①　恋とは何かについての考察【月山玲奈の視点】

アタシは現在、人生最大と言っても過言じゃないピンチを迎えているわ。

今はリビングで、蓮《れん》と2人きりで映画を観《み》ているの。恋愛映画だから最初はウキウキしていたんだけど、開始30分くらいでキスシーンが出てきたのよ。

しかも、けっこう濃厚なヤツ。

気まずすぎるわ……。

心なしか、蓮も恥ずかしそうにしている気配がするわ。照れている蓮を見てみたい気持ちはあるけど、目を合わせる勇気はないわね。

いや、アタシが勝手に意識しすぎてるだけかしら？　映画でキスシーンなんて、よくあることだし――

なんて考えていたら、場面が寝室に変わって、ベッドシーンが始まったわ。ふざけないで。

画面が暗いせいで男女の体はシルエットくらいしかわからないけど、どういう行為が行われているかは丸わかりだわ。

こんなの、同性の友だちと観てても気まずいヤツよ。誰か助けて。

するとアタシの祈りが通じたのか、誰かが階段を下りてきたわ。

姿を現したのは、澪《みお》だった。

よかった……これで気まずさが分散される——

「この2人は子作りをしているのか？」

澪はテレビを見るなり、最悪の質問をしてきやがったわ。

ほんの少しだけ顔の角度を変えて、横目で蓮を盗み見ると、口を真一文字に結んで、虚空を見つめていたわ。今の質問に答えるつもりはないみたいね。

ここはキャラ的に、アタシが黙っているのはおかしいわよね……。

「えっとね澪。この2人は結婚前だから……」

「なるほど、婚前交渉か」

そうなんだけど……!!　そうなんだけど……!!

思いついたことを全部口に出しちゃう子どもなの……!?

「これまで恋愛映画を観るのは時間の無駄だし、そんなものを観て喜んでいるのは人生で何も楽しいことがない相当な暇人なのだろうと思っていた。しかし、結婚相手について考えるようになって、存在意義がわかったぞ。みんなは映画で恋愛の勉強をするわけだな」

澪《みお》、いくらなんでも口が悪すぎるわ。

あと、アタシは映画で恋愛の勉強をしているつもりはないわよ。

そりゃあ、多少は参考になるかなって思うこともあるけど、そういう目的で観《み》てるって誤解されるのは恥ずかしいわ。

なんて考えていると、蓮《れん》も居たたまれなくなったのか、自分の部屋に戻っていったわ。

ちょうど映画のベッドシーンが終わったところだった。

「参考までに聞いておきたいんだが、玲奈《れな》は蓮のことが好きなのか？」

胸をなで下ろしていたアタシは、ものすごい直球の質問をされたわ。

「ちょっ、急に何を言い出すのよ!?」

声を押し殺しつつ、アタシは澪を睨《にら》みつけたわ。

「蓮に聞こえたらどうするのよ！」

「聞こえないだろ。あいつの部屋は3階だぞ」

「万が一ってこともあるでしょ！」

「聞こえたらマズいのか？」

「当たり前じゃない！」

「なぜだ？　蓮がどう思っているか、知りたくないのか？」

「そりゃあ……知りたくないわけじゃないけどさ」

「もし脈がないのであれば、蓮のために時間を使うのは無駄だ。今すぐ相手の気持ちを確かめた方が効率的じゃないか」

「そういう問題じゃないわよ！」

「じゃあどういう問題なんだ？」

「どういうって……恋愛は効率だけを求めてやるものじゃないのよ」

たしかに、澪が言うことは一理あるのかもしれないわ。叶《かな》わぬ恋を追いかける時間は、他人からは無駄に見えるもの。

でも、当事者にとっては、この上なく大事なものだと思う。

「ふとした瞬間に蓮のことを考える時間とか、アイツはアタシのことどう思ってるのかなーって妄想する時間とかが、アタシはけっこう好きなのよ」

「理解できないな」

「澪も恋したらわかるわよ」

いつも教えてもらってばかりの澪に向かって、アタシは得意げに言ってやったわ。

第4話②　恋とは何かについての考察【橘陽万里の視点】

勉強が一段落したところで、わたしは自室のドアを静かに、ほんの少しだけ開けました。1階のリビングに下りていく前には必ず、誰がいて、何をしているかを把握してから部屋を出るようにしています。

別に苦手な人がいるわけではないのですが、心の準備をするためです。

耳を澄ませると、澪《みお》ちゃんと玲《れ》奈《な》ちゃんが話しているのが聞こえてきました。小声なので会話の内容まではわかりませんが、恋バナの気配を感じたので、わたしはすぐさま部屋を出ました。

「澪も恋したらわかるわよ」

忍び足でソファに近づいている最中、玲奈ちゃんがそんなカッコイイ台詞《せりふ》を言いました。思わずわたしは目を輝かせます。

「何の話ですか？　わたしも交ぜてください」

そう呼びかけると、２人は驚いたようでした。プチドッキリ成功です。

「ちょうどいい、陽万里《ひまり》の意見も聞こう」

澪ちゃんは気を取り直し、事情を話し始めました。

どうやら２人は、好きな人に気持ちを伝えるタイミングで、意見が対立しているようです。

「――というわけなんだが、陽万里はどう思う？　いい男性は競争率が高いんだから、１秒でも早く告白して確保しないと非効率的だろう」

「えっと、理屈としてはそうなんですが、実際すぐに告白するのは難しいと思います」

「どうしてだ？」

「人を好きな気持ちって、ちょっとずつ大きくなっていくじゃないですか？　だからどこまで恋心が大きくなったら好きと判断するか、基準が難しいというか」

「少し好意を持った時点では、まだわからないということか？」

「そうですね。お互いのことを深く知って、好きだっていう気持ちを育てていく時間が必要だと思います」

「だとしても、最初の段階で好意を伝えた方がスムーズに話が進むと思わないか？　そいつに女友達が複数いた場合、意識させることで一歩リードすることができるわけだし」

「うーん……どうなんですかね……？」

たしかにわたしは、蓮《れん》さんにシュークリームをプレゼントされて以降、かなり意識してしまっています。

少なくとも、シェアハウス内で男子を1人選ぶとしたら、蓮《れん》さんが第1候補です。

そう考えると、澪《みお》ちゃんの言うことは的を射ているのでしょうか？

「でも、実際問題、好意を伝えるのって難しいですよね。澪ちゃんは恋をしたら、すぐに告白する予定なんですか？」

「当然だ。好意を持った瞬間にそのことを伝える」

澪ちゃんは本当に実行しそうにも見えますし、実際その時になったら狼狽《ろうばい》しそうな気もします。

いずれにせよ、将来澪ちゃんから恋バナを聞くのが楽しみです。

「ところで、陽万里《ひまり》は誰かに告白した経験はないのか？」

「ありませんね。澪ちゃんはどうなんですか？」

「ないぞ。玲奈《れな》はどうだ？」

「アタシもないわよ。……中学の時に、告白されたことならあるけど」

「ほう。それで、付き合ったのか？」

「断ったわ。アイツとは放課後しょっちゅう話してたんだけど、そういう対象として考えられなかったからね」

「なるほど。ちなみに告白されて以降、その男子のことは異性として意識したか？」

「超意識したわね。ただ、お互い気まずくなって、疎遠になっちゃったわ。好意を伝えるには、リスクもあるってことよ」

「玲奈ちゃんの言うとおりですね。もし同居人を好きになって、告白して振られでもしたら、気まずすぎて大変なことになるでしょう」

「――あらら？」

玲奈ちゃんが何かを察したらしく、ニヤニヤ笑いを浮かべました。

「同居人を好きになるって、このシェアハウスのことかしら？　もしかして陽万里、気になってる男子がいるの？」

そう問われ、わたしは自分の失言に気がつきました。

つい蓮さんのことを考えて話してしまったのです。

「い、いえ。今のはたとえ話で、わたしがどうということではありません」

「ふ〜ん？　本当かしら？」

玲奈ちゃんが疑わしそうな目を向けてきます。何とかポーカーフェイスでやりすごさなければ――

「もし陽万里が蓮に惚《ほ》れていたら、玲奈とライバルになるな」

澪ちゃんがそんな爆弾発言をし、わたしの心臓は飛び上がりました。

玲奈ちゃんが――蓮さんのことを好き？

「ちょっ、澪《みお》、変なこと言わないでよ」

玲奈《れな》ちゃんは慌てています。どうやら、本当のことのようです。

「ぜんぜん知りませんでした。蓮《れん》さんのどんなところが好きなんですか？」

「何言ってんのよ。別に好きじゃないから」

玲奈ちゃんは否定しましたが、顔が赤らんでいます。

あまりに可愛《かわい》くて、もう少し追求したくなってしまいました。

わたしはいったん階段に移動し、誰もいないことを確認して戻ってきました。

「男子に聞かれる心配はありませんよ。腹を割って話しましょう」

「えー……。いや、さっきも言ったけど、別に惚《ほ》れたわけじゃないのよ？　ただ、ちょっと気になってるっていうか……」

「そうなんですか。一番楽しい時期ですね」

わたしと同じ状況だなと思いながら、さらに聴取を続けます。

「どんなところが気になるんですか？」

「まぁ……真面目なところかしら？　汚れを見つけると、当番じゃなくても掃除を始めたりしてるし」

「わかります。蓮さんっていい人ですよね」

「そうね。ちょっと理屈っぽいけど、責任感があって、自分のやるべきことをちゃんとやるっていうか」

「そうなんですよ」

玲奈ちゃんには人を見る目があります。なんだか嬉《うれ》しくなってしまいました。

「ちなみに玲奈ちゃんって、蓮さんから何かもらったことはありますか？　お菓子とか」

「お菓子？　特にもらってないけど」

「あ、そうなんですね——」

わたしはシュークリームのことを口走りそうになりましたが、慌てて踏《ふ》み止《とど》まりました。

よく考えたら、マウントを取っていると思われる危険があります。

わたしが一歩リードしていることは、胸の中にしまっておきましょう。

「……ところでさ、陽万里《ひまり》。今朝はビックリしすぎて聞けなかったんだけど、なんでスマホで、上半身裸の蓮を見てたの？」

「えっ⁉」

突然話題を変えられ、わたしは動揺してしまいます。

「あの時も言ったじゃないですか。アレは不幸な偶然が重なって撮れただけで……」

「ふーん。でも間違って撮れたとはいえ、動画を見返してニヤニヤしてるのって、ちょっと変態っぽいわね？」

「うぐっ」

「ああ、ごめん。咎《とが》めるつもりはないのよ」

「いえ、いいんです。自分が変態っぽいことは自覚していますから」

「そっかそっかー。……でもさ、何とも思ってない男の子の動画を、笑顔で見返したりするかしら？」

「へっ？」

「ひょっとして陽万里《ひまり》も、蓮《れん》のことが気になってたりするんじゃないの？」

「――っ!!」

「ほら、アタシも答えたんだから、正直なところを教えなさいよ」

「ううっ……」

今度はわたしが追求される側になってしまいました。

もしかすると玲奈《れな》ちゃんは、わたしの本心を聞き出すために、あえて腹を割って話してくれたのかもしれません。

「……実は、ほんのちょっとだけ、異性として意識しています」

わたしは潔く白状しました。玲奈ちゃんの気持ちを一方的に知っているのは、不公平ですからね。

「ちなみに陽万里って、蓮からお菓子をもらったことがあるのかしら？」

「あ、はい。シュークリームをもらいました」

「あー、それで……」

マウンティングになることを覚悟で正直に伝えたのですが、なぜか玲奈ちゃんは微妙な表情になりました。

「な、なんですか？」

「実はさ、ちょっと前に蓮から相談されたのよね。『陽万里さんと一緒にスーパーの洋菓子コーナーの近くを通ると、餌付けしてほしいオーラが出ている気がするんだ』って」

「ええっ⁉　餌付けですか⁉」

心外です！　たしかにシュークリームが置いてあるのを見かけると、また買ってほしいなーと目で訴えてはいましたが……。

「たぶん陽万里、蓮に食いしん坊だと思われてるわよ」

「最悪じゃないですか‼」

まさか、そんな悲しい勘違いをされていたとは……。

わたしはシュークリームが食べたいんじゃなくて、蓮さんにプレゼントしてほしかっただけなのに……。

とはいえ、『餌付けしてほしいオーラ』と表現されても、反論できません。冷静に考えたら、一種の餌付けですし……。

「もうシュークリームを見かけても、物欲しそうな顔をするのはやめます。ちゃんと自分で買うようにします」

「うん、その方がいいと思うわ。……あと、例の動画は消した方がいいんじゃないかしら」

「もう消しました！」

正確には動画データをパソコンに移して、スマホの写真フォルダから消去しただけなのですが、わざわざ説明する必要はないでしょう。……うん。

するとそこで、ずっと黙り込んでいた澪《みお》さんが口を開きます。

「つまり2人は、恋のライバルということか？」

「違うから！」「違います！」

キレイにハモりました。

わたしはただ、シュークリームをもらって舞い上がってしまっただけ。動画を永久保存したことにも、深い意味はありません。そう自分に言い聞かせました。

第5話　男子の探求心は止められない【日比谷蓮の視点】

「蓮《れん》、聞いてくれ。今のオレは、昼休みまでのオレとは違うんだ」

一緒にシェアハウスで暮らしている颯太《そうた》と2人で下校中、突然そう切り出された。

現在時刻は午後4時。昼休み終了から3時間くらいしか経《た》っていない。

「この短時間で、どんな進化を遂げたっていうんだ？」

「フッフッフ。実はな、さっき掃除の時間に、早歩きしていた真緒《まお》ちゃん先生とぶつかっちゃってさ」

真緒ちゃん先生というのは、俺たちの担任である。20代で、かなり可愛《かわい》いので男子からの人気が高い。

「オレの右の二の腕に、真緒ちゃん先生の胸が押し付けられたんだ」

「万死に値するね。クラスの男子に話したら、命を狙われるかも」

「おっと、早まるなよ。事故だったんだから」

「本当に事故だったんだろうね？　タイミングを見計らってぶつかって行ったんじゃ？」

「そんなわけないだろ。真緒《まお》ちゃん先生からも謝られたし。……ただ、今後チャンスがあれば、積極的に前に出ていこうとは思っている」

「シンプルに犯罪じゃないか！」

「というわけで、今のオレは真緒ちゃん先生の胸の感触を知っている完璧超人になってしまったんだ」

先生とぶつかっただけで完璧超人になれるのか。

「ただ、オレは同時に苦しみも抱いてしまった。この記憶は時間が経《た》つにつれて薄れ、やがて思い出せなくなるだろう。この世に永遠など存在しないのだから」

「無駄に壮大な言い方をしないでよ」

「そこでだ蓮《れん》。この柔らかさの記憶を永久保存することに協力してもらえないだろうか？」

「ん？　永久保存って、どういうことだい？」

「真緒ちゃん先生の胸と同じ柔らかさの物体を見つけるんだよ。そうすればいつでも今日のことを鮮明に思い出せるだろ？」

「よくそこまで気色悪いことを思いつけたね⁉」

「これは蓮にしか頼めないことなんだ。秀一郎《しゅういちろう》に言ったら、『実験を動画に撮ってＳＮＳにあげたいッス』とか言いそうだし」

「たしかに言いそうだね。でも断るよ」

「手伝ってくれたら、好きな中華まんを2個奢《おご》ってやる」

「よし、任せておけ」

下校中に食べる中華まんより美味《うま》いものなど存在しないからね。

交渉成立したので道中にあるコンビニに寄り、俺はレジ横にあるスチームマシンの中から、肉まんとピザまんを選択。颯太《そうた》はメロンパンや大福と一緒に、それらを1つずつ購入した。

しかし、さっそく紙袋から出して食べようとする俺を、颯太が制止した。

「蓮、中華まんを胸の高さくらいに持って、オレの二の腕にぶつかってきてくれ」

「食べ物を粗末にするのは良くないよ!?」

「重要な実験のための尊い犠牲だ。それに、実験後はスタッフが美味《おい》しくいただくから大丈夫だ」

「酷《ひど》い話だね……。ていうか、実験に使うから2つ買ったのか……」

とはいえ、俺はもう中華まんを食べる口になっている。今さら実験を辞退することはできない。

というわけで、言われた通り両手に中華まんを持ち、早歩きで颯太の二の腕に衝突した。

「——全然違う。まず、真緒ちゃん先生が着ていた衣服の感触が再現できていない」

「そりゃあ、紙袋に入った中華まんだからね」

「今日の真緒《まお》ちゃん先生はブラウス姿だった。感触的に、中にはTシャツと下着をつけていたはずだ」

「そこまでわかるのか――って、颯太《そうた》、まさか」

「今からブラジャーを買いに行くぞ」

「君は留《とど》まる所を知らないね⁉」

だが颯太は俺が止めるのを聞かず、本当にブラジャーを買いに行ってしまった。

さすがに同行したくなかったので、俺は先にシェアハウスに戻ることにした。

♂　♀　♂　♀　♂　♀

中華まんが入った紙袋をダイニングテーブルに置き、リビングで時間を潰していると、20分ほどで颯太が帰ってきた。

「100円ショップで買ってきた。さすがに下着売り場に入る勇気はなかったから、助かったぜ」

「まさか本当に買ってくるとは……」

「というわけで蓮《れん》、これを装着してくれ」

「死んでも嫌だよ‼」

「なんでだよ。中華まん奢《おご》ったら手伝うって約束だっただろうが」

「実験内容が契約時と変わりすぎなんだよ！」

ブラジャーを着けるなんて、絶対に嫌だ。

「あのな、蓮。オレたちは一蓮托生《いちれんたくしょう》、もう後には引けないんだよ」

「そんな関係になった記憶はないんだけど」

「もしやってくれないなら、２人で真緒ちゃん先生の胸の感触を再現しようとしたことを、女子たちにバラすぞ」

「ちょっと待って。脅し方が汚すぎるし、それ君にもダメージがあるでしょ」

「旅は道連れ世は情けって言うだろ」

「その言葉はもっといい時に使うものだよ」

俺が断固拒否すると、颯太はあきれたように肩をすくめた。

「わかったよ。ブラジャーを着けるのが恥ずかしいっていうなら、先にオレが着ける。それでいいか？」

「何その斬新すぎる落とし所……」

とはいえ、颯太の熱意は伝わってきた。気色悪すぎる熱意だが、この辺で妥協しておかないと、本当に女子にバラされかねない。

「……わかったよ。ただし、これから行うことは墓場まで持っていこう」

話がまとまり、俺たちは颯太《そうた》の部屋に移動した。

まずは颯太が上半身裸になり、ブラジャーを着ける。

「へー、ブラジャーってこうなってるんだな」

颯太は興味津々で、ブラジャーを両手で持ち、いろんな角度から観察している。

俺も興味がないわけではないので、少し離れた場所から眺める。

「てかこのホック、全然外れないんだが」

「安物だからじゃないの？」

「あ、外れた。これを胸に装着して後ろで……。蓮《れん》、ホックを留《と》めてくれ」

「まさか颯太のブラジャー装着を手伝う日が来ようとは……」

俺は後ろに回り込み、ホックを留めてやった。

「どうだ蓮、俺のブラジャーを装着した姿は」

「ブラジャーへの冒涜《ぼうとく》だと思う」

ていうか今日って、俺が人生で初めてブラジャー1枚の人間を生で見た日になったんだよな……。

いや、相手は男子なわけだし、ノーカウントということにしよう。

その後、颯太はブラジャーを外し、俺に手渡してきた。

上半身裸になった後、ためらいながらもそれを身に着ける。

……これは口が裂けても言えないのだが、実際ブラジャーを着けてみたら、奇妙な高揚感が沸き上がってきた。

今の姿を第三者に見られたら終わりなので、すぐさま上にＴシャツとワイシャツを着る。

「よし、実験再開だ。頼むぞ蓮」

「はいはい……」

俺はすっかり冷めてしまった中華まんを手に取り、ブラジャーの中に押し込んだ。

「いいぞ、それでぶつかってきてくれ」

「なんか、特殊すぎるプレイを要求されている気分になってきたよ」

変なことに付き合わされている怒りを込め、颯太の二の腕を目掛けて突進した。

「おお、勢いがあって、すごくいい感じだったぞ」

ぶつかった直後、颯太は笑顔で報告してきた。中華まんがクッションとなり、ダメージはなかったようだ。

「ただ、中華まんだと柔らかさが足りないな……。よし、次はメロンパンで頼む」

「了解」

文句を言っても埒《らち》が明かないことは目に見えているので、一刻も早く終わるよう、自分を殺して事務的な対応をすることにした。

俺はメロンパン、大福、シュークリームの順にブラジャーの中に入れて、早歩きした。

最後に入れたシュークリームは衝突時に破れ、生クリームが飛び出してきて最悪だった。

しかも、颯太《そうた》は納得が行っていないらしい。

「全然ダメだ。柔らかさはいいけど、弾力が足りない」

「シュークリームに弾力を求めるのは、どうかと思う」

「あと、色んなものをぶつけられすぎて、真緒《まお》ちゃん先生の胸の感触を忘れつつある」

「本末転倒じゃないか!!」

胸部についた生クリームをウェットティッシュで拭きながら、俺はツッコんだ。

「もうそろそろ解放してくれないかな……」

「安心しろ、次で最後だ」

颯太はなぜか自信満々に言い、いったんリビングに移動して、ビニール袋に入った鶏肉《とりにく》を持ってきた。

「ん？　なんで鶏肉？」

「先週オレが食事当番の時、から揚げを作っただろ？　鶏肉をビニール袋に入れて調味料と一緒に混ぜてる時に思ったんだよ。もしかすると女性の胸ってこんな感触なのかなって」

「完全にヤバいヤツの発想だよ!!」

だが、ビニール袋に入った鶏肉を受け取ってみると、たしかにちょうどいい柔らかさだった。

「……これまで鶏肉をそういう目で見たことがなかった……よく気づいたな……」

ちょっと感心しそうになりながら、鶏肉をブラジャーの中に押し込んだ。そして颯太に向かって歩き出す。

すると二の腕に衝突した瞬間、颯太が歓声を上げた。

「うおおおお！　これだよ蓮《れん》！　この感触だよ！」

「大きい声を出さないで！」

ドアに鍵をかけているとはいえ、もし誰かが駆けつけたら俺は終わりなんだ。

しかし、颯太は興奮しっぱなしで、声のボリュームを落とそうとしない。

「決まりだな！　真緒ちゃん先生の胸の感触に一番近いのは、鶏肉だ！」

「だからうるさいって。……そんなに似ていたの？」

「ダントツだ！　柔らかさも、弾力も、完璧だぜ！　今にして思うと、中華まんを試していた時間は完全に無駄だったよ！」

颯太は饒舌《じょうぜつ》に語りながら、俺の胸を注視してきた。

「……これが真緒ちゃん先生の……」

そうつぶやいたかと思うと、颯太は何の前触れもなく、俺の胸元に両手を伸ばしてきた。

そして俺の胸——正確には俺が着けているブラジャーに入っている鶏肉を揉《も》み始めた。

気色悪すぎて、全身に鳥肌が立つ。

「おい！　やめろバカ！」

「動くな蓮《れん》！　真緒《まお》ちゃん先生の胸を揉《も》ませてくれ！」

「アホなことを言うな！　それは鶏肉《とりにく》だぞ！」

「いや！　これは鶏肉じゃない！　目を瞑《つぶ》ればそこに、真緒ちゃん先生がいるんだ！」

颯太《そうた》は両目を閉じ、この世のものとは思えないほど不気味な笑みを浮かべながら主張してきた。


「このクソ野郎！　目を開けて現実を見ろ！」

しかし、いくら叫んでも、颯太は目を開けようとしない。

仕方なく颯太の肩を押して遠ざけようとするが、ビクともしない。筋肉量が違いすぎるのだ。


少し前に玲奈《れな》に「現代社会において、筋肉質になるメリットは小さい」と言ったが、アレは間違いだった。こういう事態になった時に備えて、筋肉はあった方がいい。

まぁこんな特殊な事態、人生に一度あるかないかだとは思うが……。

そんなことを考えながら抵抗を続けた俺は、一瞬の隙を突き、颯太の魔の手から逃れることができた。

すぐさま鶏肉を取り出し、床に投げ捨てる。

こうして、世界一低俗な実験、並びに世界一哀れな男の暴走が終わった。

　颯太は鶏肉を両手で大事そうに拾い上げ、真剣な顔つきで語りかけてくる。

「……なぁ蓮。今回の実験ではさ、真緒ちゃん先生と同じ服装でやったわけだろ？　つまりこの鶏肉の感触って、生の──」

「それ以上言わないで。鶏肉を見る度に今日のことを考えそうだから」

　というか俺は今後、から揚げを食べる度に今日のことを思い出すだろう。

　報酬の中華まん２つのために、嫌すぎる呪縛をかけられてしまった……。

第6話① 結婚相手の選定【五十嵐澪の視点】

このシェアハウスでは掃除や料理は当番制になっている。お風呂の使用時間も分けなければならないので、一緒にリスト化して全員に共有してあり、スマホで誰でも確認できるようになっている。

今日の夕食の食事当番は私だ。予算内で6人分を用意できれば、手作りでも出来合いのものでもいいことになっている。

私は料理を作る時間は無駄だと考えているので、スーパーの惣菜《そうざい》コーナーにやってきた。割高だが、人間にとって最も価値が高いものは時間だし、プロが作ったものの方が美味《おい》しいに決まっているからな。

しかし、ラインナップを見て栄養素や金額の計算をしている最中、颯太《そうた》から電話がかかってきた。

『今日はスーパーで豚肉が半額だぞ。買っていくか？』

どうやら颯太は今、このスーパーの精肉コーナーにいるらしい。

颯太は見かけによらず料理が得意だ。あとスーパーのチラシを見るのが趣味で、今回みたいに特売情報を共有してくることがある。勉強が苦手で、軽薄な言動が多い男だが、しっかりしているところもあるのだ。

「……半額は魅力的だが、豚肉をどう調理すればいいかわからないんだが」

私は若干の引け目を感じつつ返答した。

『それなら、生姜《しょうが》焼きなんてどうだ？　くし切りにした玉ねぎもたくさん入れて、付け合せは千切りキャベツで』

「くし切り……？　作り方がわからないんだが」

『野菜を切って肉を焼いてタレをかけるだけだぞ。不安ならオレも手伝うぜ』

「……当番じゃないのに、いいのか？　颯太に何のメリットもないだろう」

『別にいいぜ。安く作れた方がみんなのためになるからな』

颯太は打算が一切ない口調で言った。

こういう優しさに触れると、私はいつも反応に困ってしまう。私は他人のために行動するのが苦手だからだ。

しかし人間は、単独で生きていくことは絶対に不可能だ。いつか困った時に助けてもらうため、まず自分が他人を助けることは重要だと思う。だから私も、颯太のようにならなければならないのだが……。

ひとまず私たちは食肉コーナーで落ち合い、必要な食材を買い物カゴに入れていった。

レジを通った後、持っていた大きめのマイバッグ2つがいっぱいになった。私は片方持とうとしたのだが……。

「どっちもオレが持つからいいぜ。これも特訓だ」

颯太《そうた》は私の返答を待たず、マイバッグを両手に持って歩き出した。

かなり重たかったので、正直助かった。

私は小走りで追いかけ、颯太の横に並ぶ。

「颯太は結婚したらいい旦那さんになりそうだな」

「えっ⁉　きゅ、急に何だよ⁉」

颯太は足を止め、大声を出した。こいつのこういう、いちいちリアクションが大きいところは面倒だと思う。

「参考までに教えてほしいんだが、颯太は将来、子どもをほしいと思っているか？」

「も、もちろんだ」

「何人だ？」

「たくさんだな！」

「結婚後の家事分担についてはどう考えている？」

「全部オレに任せろ！」

「大きく出たな。将来の夢や目標はあるか？」

「将来の夢か……。とりあえず、人の役に立つ人間になりたいな」

「ほう、立派な目標だな。そのためにどんな努力をしている？」

「筋肉を鍛えている。筋肉はパワーだからな」

颯太はそう言って、得意げに両腕を掲げて見せた。

私は思った。こいつは勢いだけだな、と。

返答に真面目さが感じられない。深く考えず、思いついたことをそのまま口から発しているだけだ。

とはいえ、その場しのぎの嘘《うそ》をついている感じもしない。ということは、家事も子育ても、すべて筋肉で解決できると思っているのだろうか。

愚かなヤツだ。世の中はそんなに甘くないのに。

♂　♀　♂　♀　♂　♀

それから2日後、私は風邪で苦しんでいた。

全身がとにかくダルくて、猛烈に頭が痛い。唾を飲み込むだけで喉に激痛が走るので、解熱鎮痛剤を飲み続けた。しかし熱は38度代までしか下がらず、一日中ベッドで寝て過ごした。

期末テストが近いのに、時間を無駄にしてしまうことに焦燥感を覚えるが、今は風邪を治すことに専念するしかない。

ちなみに風邪のウイルスは、私を含むシェアハウス内の誰かが持ち込んだものと思われる。なぜならシェアハウスに暮らしている6人のうち、颯太《そうた》以外の5人が同じ症状の風邪を引いているからだ。

共同生活にはこういうリスクもあるのだと学んだ。

1人だけ元気な颯太は、私たちのために献身的に働いてくれている。心配だからと言って学校を休んだ上、一日に何度もスーパーへ買い出しに行き、経口補水液や栄養ゼリーや冷却ジェルシートを各部屋に配ってくれた。

さすがに学校を休むのはやりすぎだと思ったが、「今は期末テスト前で自習も多いから」と言われて、その厚意に甘えることにした。

「颯太、すまないな。こき使ってしまって……」

部屋まで来てくれた颯太に、私は心からお礼を言った。

「問題ない。これも特訓だ。それより、ずっと寝ていてヒマじゃないか？　良かったら、オレが超絶楽しい話をしてやるぞ」

「変な気を回さなくていい。動画を観《み》るから大丈夫だ」

「そうか……じゃあ、用があったらいつでも呼んでくれ」

颯太は残念そうに言って、部屋から出て行った。サービス精神旺盛なヤツだ。

♂　♀　♂　♀　♂　♀

それから2日が経《た》ち、ようやく喉の痛みが治まってきた。回復に向かっているのだろう。

今日から肉や野菜を消化が良い方法で摂取したい。

食事のメニューを相談するため、私は颯太の部屋を訪ねた。

「颯太、ちょっといいか?」

「──お、おう。ちょっと待ってくれ」

ドアをノックすると、颯太が慌てたような声を出した。さては、エッチな動画でも見ていたな。

しばらくして、颯太がドアを開けた。予想に反し、寝起きのようだ。エッチな動画を見ていたんじゃないかという疑いは、濡《ぬ》れ衣《ぎぬ》だったようだ。

と、そこで私は、サイドテーブルに使用済みの冷却ジェルシートが置いてあることに気がついた。

「まさかお前──」

私は前のめりになり、颯太《そうた》の頬《ほお》に触れた。かなり熱かった。

「お前も風邪を引いていたのか！」

思わず睨《にら》みつけると、颯太は気まずそうに頷《うなず》いた。

「あーあ、バレちまったか」

「私たちと同じ風邪なのか？」

「たぶんな。症状同じだし」

「高熱が出て、頭と喉が痛くて、全身に倦怠感《けんたいかん》があるのか？」

「そうだ」

「信じられない……」

解熱鎮痛剤を飲んでも、トイレに行くのが億劫《おっくう》になるくらいしんどい風邪なのだ。

それなのに、一日に何度も買い出しに行き、私たちの世話をしていただと？

「なぜそんな状態で、他人に尽くせるんだ……？」

「なぜってそりゃあ……この前、言っただろ。オレは人の役に立つ人間になりたいから、筋肉を鍛えているって」

私は戦慄した。

「まさかお前……すべてを筋肉で解決するつもりなのか？」

「正確には、筋肉と根性だな。筋肉はパワー、根性もパワーだ」

颯太は微笑《ほほえ》み、力こぶを作って見せた。

心が震えた。この男は、完全に私の理解を超えている。

だが同時に、颯太のことをもっと知りたいと思った。

「……お前のその根性に感服した。私も健康になったら、筋肉をつけようと思う」

「おお！　じゃあ一緒に筋トレしようぜ！」

颯太の屈託のない笑顔を見て、私は胸の奥がじんわりと温かくなるのを感じた。

もしかすると、これが一般人の言う『好き』という感覚なのかもしれない。

第6話② 結婚相手の選定【不破颯太の視点】

オレは自室のベッドでぐったりしながら、ここ数日のことを思い返していた。

女子3人の部屋に入って、ベッドに横になっている姿を眺められるのは、最高だった。

オレのノックで目を覚ましたと思《おぼ》しき彼女たちは髪が乱れていて、顔がぼんやりしていて、寝間着がめくれてお腹《なか》がチラ見えしていたりもして……。

あんな姿を見られるのは普通、家族か恋人だけだからな。3人ともかなりハイレベルだし、役得すぎた……。

「颯太《そうた》、ちょっといいか?」

突然ドアのすぐ向こうで澪《みお》の声が発せられ、心臓が止まるかと思った。

「——お、おう。ちょっと待ってくれ」

慌てて飛び起き、額に貼っていた冷却ジェルシートを剥《は》がした後、ドアを開けた。

だが、澪は目ざとく冷却ジェルシートを見つけ、オレも風邪を引いていることを見抜いてしまった。

そして当然のごとく、説教が始まる。

「なぜ一度も相談しなかったんだ。人の役に立ちたいという気持ちは尊いと思うが、危険な行為だったんだぞ」

どうやら澪は、オレがみんなの役に立ちたいから頑張ったと信じ切っているようだ。

実際は、合法的に女子の部屋に入れるから介助を申し出ただけなんだが……。

「とにかく、お前はもう何もするな。今日の買い出しは私が行く」

「いやいや、大丈夫だって。オレももう治りかけてるし」

「ダメだ。その冷却ジェルシート、私が来たから焦って剥がしたんだろ？　良くなっていないことを自覚している証拠だ」

澪は鋭い目つきでオレを睨《にら》んだ。

「他の４人も快方に向かっているようだから、颯太の治りが一番遅い。たぶん私たちのために無理していたからだろう。というわけで、今日は大人しく寝ていろ」

「わ、わかったよ……」

正直、頭痛がかなりヤバかったから、肩の荷が下りた。

澪が出て行った後、ベッドに横になったオレは、高熱に苦しみながら、またここ数日のことを思い返す。

何度思い出してもまったく色あせない、素晴らしい思い出だった。

澪《みお》には怒られてしまったが、風邪を隠していたことを一切後悔していなかった。少し治りが遅くなるくらい、なんということはない。

やがてオレは、ゆっくり眠りに落ちていった……。

♂　♀　♂　♀　♂　♀

それからしばらく寝ていたオレは、誰かがドアをノックする音で目を覚ました。

また澪が来てくれたのかと期待したが、訪ねてきたのは蓮《れん》だった。

蓮は返事を待たずにドアを開けたので、オレはベッドに寝転がったまま対応する。

「何か用か？」

「澪さんに言われて、様子を見に来たんだよ。今日の昼飯は生姜《しょうが》たっぷりの鶏団子《とりだんご》鍋なんだけど、食べられそう？」

「ああ。もうちょっとしたら食べに行くよ」

「そっか。ところで、澪さんから聞いてビックリしたよ。まさか颯太《そうた》も風邪を引いていたなんて」

「ふっふっふ。そうなんだよ。でもオレはお前たちのために自分を犠牲にして――」

「颯太のことだから、看病と称して女子の部屋に入って喜んでいたんだろう？　何なら、女子の部屋に入るために看病を申し出た可能性まである」

すべて見抜かれていた。察しが良すぎて怖い。

「そ、そんなことより蓮、聞いてくれ。最近発覚したんだが、澪はオレに惚《ほ》れているみたいなんだ」

オレは無理に話題を変え、自信満々に語った。

しかし蓮は、可哀想《かわいそう》な動物を見るような視線を向けてくる。

「それは勘違いだね」

「なぜそう言い切れる!?」

「残念だけど、論理的にあり得ないよ。というわけで、この話はここで終わりだね」

「終わらせるなよ！　ちょっとは興味を持て！」

さすがに怒鳴りつけると、蓮はため息をついた。

「仕方ないなぁ。絶対に思い違いだと思うけど、一応根拠を聞いてあげるよ」

蓮はまったく期待していないようだが、オレは意気揚々と話し始める。

「実はこの前、澪に聞かれたんだよ。将来子どもは何人ほしいかとか、家事の分担はどうするかってな」

こんな質問、結婚を意識した相手にしかしないはずだ。

しかし蓮は気まずそうに口を開く。

「その質問、俺もされたよ」

「何っ!?」

「というわけで、勘違いだね」

「ま、待て。オレは澪《みお》に『結婚したらいい旦那さんになりそうだ』とも言われたぞ!」

一番自信があるネタを話すと、蓮《れん》は動揺した。

「……俺はそこまでは言われてないな」

「見ろ! きっと蓮は不合格で、オレだけが認められたんだ!」

「それはない。……でも、澪さんがお世辞を言うとも思えないよね」

「だろ? しかもさっき澪は『お前のその根性に感服した』とか、『人の役に立ちたいという気持ちは尊い』って言ったんだぜ。これって、どう考えても脈ありだろ?」

「その台詞《せりふ》を言われたのが颯太《そうた》じゃなければ、俺もそう思っていたと思うよ」

「頑《かたく》なに認めようとしないな!?」

「どんなに考えても、澪さんが颯太に好意を持つという状況が理解できないんだよ……。本当に『いい旦那さんになりそう』って言われたの? 夢でも見ていたんじゃない?」

「アレは間違いなく現実だった。今にして思えば、澪は頬《ほお》を赤らめていて、どう見ても恋をしている顔だった」

あまりに信用してもらえないので、オレはちょっと話を盛った。

「う〜ん……。颯太がそこまで言うなら、本当に想《おも》われているのかもね」

「はっはっは！　ようやく認める気になったか！」

「ちなみに、颯太は澪さんのこと、どう思っているの？」

「ものすごい美人だと思っているぞ。澪と付き合えるなら、ここを追い出されてホームレスになってもいい」

　いや、その場合は澪も規則違反で追い出されることになるのか？　それなら２人で部屋を借りて、一緒に住んでもいいかもな。ぐふふふ……。

　などと新生活を妄想していると、蓮がオレの肩に手を置いた。

「じゃあ、告白しに行こっか」

「何っ⁉」

　蓮が突然、とんでもないことを言い出した。

「善は急げって言うし、今すぐ告白しよう」

「い、いや、さすがに告白はまだ早いだろ。もっとポイントを稼いで、勝利を確実にしてからじゃないと――」

「でも、惚《ほ》れられているのは間違いないんでしょ？」

「それはそうなんだが……」

「向こうは結婚を意識しているみたいだし、交際を申し込めばＯＫしてもらえるって」

「…………」

どうしよう。明らかに蓮《れん》が悪ノリしている。

いや、これはたぶん蓮の作戦だ。オレが告白をためらい続けたら、「本当は颯太《そうた》も、澪《みお》さんが自分に惚《ほ》れているとは思ってないんでしょ？」なんて言うつもりなのだろう。

そうなれば済《な》し崩《くず》し的に、話を盛ったことがバレる危険もある。

とはいえ、今の段階で告白なんか、絶対にしたくない。

「——あ、そうだ。よく考えたら、このシェアハウスは恋愛禁止じゃないか」

「みんなが黙っていれば、オーナーさんにはバレないよ」

「そうかもしれないが……」

「ひょっとして、振られるのが怖いの？」

「そ、そんなわけないだろ」

澪がオレに気があるというのは、間違いないはずだ。

しかも今は、オレが献身的に働いた効果で、澪の好感度がアップしているはず。このチャンスを逃さない方がいい……のか？

「……よし、やってやろうじゃないか。今から告白してやるから、よーく見ておけ」

口論に負けないためだけに、オレは大見得《おおみえ》を切った。

とはいえ、告白するつもりなんか毛頭ない。澪のところに行き、何やかんやで有耶無耶《うやむや》にしよう。

そんな適当すぎる作戦を立て、ベッドから飛び降りた。立ち上がるとフラフラするが、気合いで部屋を出ていく。

苦労してリビングまで下りていくと、澪が1人で食事を摂《と》っていた。

しかしオレが来たことに気付くと、すぐに食器を置き、こちらに歩み寄ってきた。

「颯太、調子はどうだ？」

「まだ熱はあるけど、大したことないな」

「本当か？　ちょっと触らせろ」

言うが早いか、澪は一気に距離を詰め、オレの頬《ほお》に手を当ててきた。

「熱いな。38度は超えていそうだ。解熱剤は飲んだか？」

「……えっと、6時間くらい前に飲んだな。効果が切れてるかもしれないから、もう1錠飲むよ」

「空腹時の服用は避けた方がいいから、何か食べてからにしろ。鶏団子《とりだんご》鍋は食べられそうか？」

「大丈夫だと思う」

「なら、温めてくるからソファに座って待っていろ」

澪はそう言ってキッチンに歩いていき、エプロンをつけて鍋の前に立った。

……ヤバい。改めて見ると、超美人だ。

澪《みお》と一つ屋根の下に住めている時点でオレは人生勝ち組だし、もし告白してOKをもらえたら、残りの人生は全部ウイニングランだ。

けど、NOだったら……。澪とは気まずくなって、今みたいに頬《ほお》に手を当てられることも、食事を持ってきてもらうこともできなくなるわけか……。

「颯太《そうた》、いつ告白するの？」

階段のところに隠れている蓮《れん》が、小声で煽《あお》ってきた。

さて、どうやって有耶無耶《うやむや》にしようか——

……なんか、頭が痛いし、考えるのが面倒だ。しらばっくれることにしよう。

「えっ？　告白って何のことだ？」

「何のことって……。澪さんに告白して、両想《りょうおも》いなことを証明するんでしょ？」

「全然まったく、これっぽっちも記憶にないな」

「嘘《うそ》でしょ!?　『よーく見ておけ』って啖呵《たんか》を切ってから1分くらいしか経《た》ってないよ!?」

「お前は何を言っているんだ？　というか、お前は誰だ？」

「そこから!?」

蓮は不満そうにしているが、完全に無視。オレはソファに腰を下ろし、澪が戻ってくるのを小躍りして待つ。

もしかすると澪《みお》は、本当にオレのことを好いてくれているのかもしれない。でも今は、この距離感で澪と話せることを、もっと大事にしたいと思うのだった。

第7話①　筒形の外衣に対する抑えきれない知的好奇心【日比谷蓮の視点】

ある日の放課後。颯太《そうた》と一緒にコンビニで買ったソフトクリームを舐《な》めながらシェアハウスに帰ると、秀一郎《しゅういちろう》がリビングで1人黙考していた。

その視線の先には、ソファの上に脱ぎ捨てられたスカートがあった。玲奈《れな》さんあたりが置き忘れたのだろう。

「……勝手に穿《は》いたら怒られるッスかね……」

秀一郎があり得ないつぶやきをした。

スカートを無断で穿く？　なんで？　そういう性癖なの？

頭の中が疑問符だらけになりつつ歩み寄っていくと、秀一郎が俺たちに気付いて、こちらに向き直った。

「あ、2人とも、おかえりッス」

「秀一郎、オレが見張っておくから、性欲を満たしていいぞ」

颯太が開口一番、最低な発言をした。

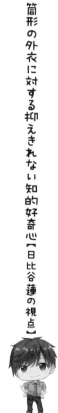

一方の秀一郎《しゅういちろう》は、小首をかしげる。

「颯太《そうた》くん、なんか勘違いしてるッス。僕がスカートを穿《は》こうと思ったのは、変な意味じゃないッスよ」

「いや、スカートを穿こうとしている時点で十分に変だろ」

颯太が真っ当なツッコミをした。

秀一郎は慌てて弁明する。

「実はこの前、フォロワーさんから、『秀一郎クンって可愛《かわい》いからスカート似合いそう』ってコメントもらったんス。だから、これ穿いて写真あげたら、いっぱいイイネもらえるかもしれないと思ったんスよ」

ＳＮＳでフォロワーからイイネをもらうことに命をかけている秀一郎が、企《たくら》みを吐露した。

たしかに秀一郎は小柄だし、顔立ちも中性的だから、スカートが似合うかもしれない。

とはいえ、同居する女子のスカートを勝手に穿くって、ヤバすぎると思うんだけど……。

「オレはいいと思うぞ。彼を知り、己を知れば百戦殆《あやう》からず。スカートを穿くことで特性を知れば、パンツを見られる確率が上がるだろうからな」

颯太が孫子《そんし》を引用して頭の悪いことを言った。孫子に謝れ。

「いっそ3人で順番にスカートを穿こうか。誰から行く？」

「なんで穿いて当然みたいな言い方なんだよ！　絶対嫌だよ！」

ただでさえ俺は、先週颯太にブラジャーを着けさせられたのだ。

スカートまで穿いたら、女性用の衣類をコンプリートしていく感じになってしまう。

「というか、全員が穿く必要はないでしょ。秀一郎が穿いて、スカートの中が見える角度や高低差を計算すればいいんだから」

「それもそうか。じゃあ秀一郎、頼む」

「了解ッス。持ち主が戻ってくる前に済まさないといけないッスよね」

秀一郎は信じられないほど前向きだった。躊躇《ためら》いなくスカートを手に取ったかと思うと、すぐさま両脚を通してボタンを留《と》める。

そして、元々穿いていた制服のスラックスを脱ぎ捨てた。

「おおっ」

颯太が小さく歓声を上げた。小柄で中性的な顔立ちの秀一郎には、やはりスカートがよく似合っていたのだ。

何も知らされずに寝起きで今の秀一郎を見たら、本物の女子に見えなくもない仕上がりである。

もっとも、すね毛が生えているので、男子だとすぐにわかるのだが。

「うーん、バズるほどのクオリティじゃないッスね」

秀一郎《しゅういちろう》はシビアな感想をつぶやきつつ、さっそく自撮りを始めた。

スカートは写したいが、すね毛は写らないようにしたいらしく、スマホの角度に苦心している。

「秀一郎、撮影が終わったら、そこの階段を上ってみてくれ。どんな角度で見上げたらパンツが見えるのかを検証したい」

颯太《そうた》が最低な要求をした。同性でも普通に引く内容である。

それは秀一郎も同じだったらしく、顔を顰《しか》めた後、なぜかスカートの裾を押さえた。

「それは嫌ッス。スカートの中を覗《のぞ》かせるとか、あり得ないッス」

……あれ？

なんか、反応がちょっと女子っぽいような？

「なんでだよ。さっきは実験に協力するっぽいこと言ってただろ」

「それはそうなんスけど……。実際にスカートを穿《は》いてみたら、羞恥心が出てきたッス」

「そんなこと言うなよ。男同士なんだから、いいじゃないか」

颯太は半笑いで再度要求した。相手の気持ちを無視するところが、本物の変態っぽい。

いや、こいつは紛《まぎ》れもない変態なんだけど……。

「やめてほしいッス。それはセクハラッスよ」

「なんで恥ずかしがってるんだよ。ちょっとパンツを見せるだけじゃないか」

「近づかないでほしいッス。大きい声出すッスよ」

「そんな格好しておいて、今さら何を言っているんだ」

「……僕は別に、颯太くんのためにスカートを穿いたわけじゃないッス……」

秀一郎は困り顔になり、こっちに視線を向けて助けを求めてきた。

なんか……本物のセクハラ現場に遭遇した気分である。

「——アンタら、アタシのスカートで何してるわけ？」

突如として予想外の方向から、若干の怒気を含んだ声が発せられた。

階段を下りてきた玲奈さんが、呆《あき》れ顔《がお》で俺たちを見ていたのだが——

「ていうか秀一郎、似合いすぎでしょ！」

玲奈さんは秀一郎の全身をまじまじ見て、悲鳴に近い声を出した。

「なんか化粧してやりたくなってきたわ。ちょっと秀一郎、スカートを勝手に穿いた罰として、アタシにメイクさせなさいよ」

言うが早いか、玲奈さんは2階の自室に駆けていき、化粧道具を持って戻ってきた。ノリノリである。

こうして女装の完成度を高めることになったのだが、玲奈さんが秀一郎の顔に何か塗る度、どんどん綺麗《きれい》になっていった。

やがて化粧が終わり、スカートより上はかなり本物の女子っぽくなった。

秀一郎《しゅういちろう》は卓上鏡を覗《のぞ》き込《こ》み、ウットリしている。

「これヤバくないッスか？　僕、可愛《かわい》すぎッスよね？」

「そうね。我ながら可愛くできたと思うわ」

玲奈《れな》さんはメイク道具を片付けながら、満足げに頷《うなず》いた。

「こうなると、すね毛が気になるッスね。……もうこれ、ツルツルにするしかないッス！」

秀一郎はノリノリで風呂場に移動。電動髭剃《ひげそ》りを自分の太ももから下に当て、処理し始めた。

なんか、どんどん本格的になっているな……。

秀一郎は30分ほどでリビングに戻ってきた。元々薄かったすね毛がほぼなくなり、ただの女子になっていた。

「ヤバッ！　完璧に女子じゃん！　秀一郎、写真撮ろ、写真！」

玲奈さんはテンション高めに言い、秀一郎の横に並んで自撮りを始めた。

もうこれ、女子2人が自撮りしているようにしか見えないな……。

「秀一郎のヤツ、今なら女子更衣室に入っても、服を脱がなければバレないんじゃ……？」

颯太《そうた》が割と最低な感想を口にした。こいつの頭の中はそんなことばっかりだな。

一方、秀一郎は自撮りした写真を見て考え込んでいる。

「どうせなら胸を膨らませたいッス。タオル入れてみるッスよ」

こいつはどこに向かっているんだ？

「あ、オレ、ブラジャー持ってるから貸すぞ」

「なんで持ってるの!?」「なんで持ってるんスか!?」

颯太が爆弾発言をし、秀一郎と玲奈さんがハモった。

「ち、違うんだ。アレは蓮《れん》が着けるために買っただけで――」

「俺のせいっぽく言うな!!」

結局、事情を説明するため、俺たちは罪を自白することになってしまった。

もう二度と、颯太の下らない実験には手を貸さないと心に決めた。

第7話② 筒形の外衣に対する抑えきれない知的好奇心【月山玲奈の視点】

悲報。アタシが最近気になっていた男子は、かなりのアホだったことが発覚してしまった。

「……たしかに、鶏肉《とりにく》はかなり近いかもしれないわね」

真緒《まお》ちゃん先生の胸の感触に似てる物体を探すためにブラジャーを購入したと告白されたアタシは、なんて返せばいいかわからず、とりあえずそう言っておいたわ。

思春期の男子って、鶏肉を触った時にそんなこと考えるのね……。

「何卒《なにとぞ》、このことは他言無用ということで……！」

蓮《れん》がアタシと秀一郎《しゅういちろう》に、平身低頭で頼み込んできたわ。

げんなりしたものの、ちょっと面白い状況ではあるわね。

「秀一郎、どうする？」

「頭が悪すぎてすごいから、その実験の顛末《てんまつ》をＳＮＳに書きたいッス。できれば２人の実名も出したいッス」

鬼なの？

他言無用とは真逆のことをしようとしているわ。

「もしネットに書いたら、秀一郎のスマホを粉々に砕き割るからね」

蓮が淡々と告げたわ。こっちも鬼ね。

「そんなことより、秀一郎はブラジャーを着けるのか？」

颯太《そうた》が変なタイミングで意味不明な質問をしたわ。

そんなことより？

「あ、ブラジャーは着けるッス」

着けるんだ!?

どうやらアタシは、かなりヤバいヤツらとシェアハウスをしていたらしいわね……。

ちなみに、この日の夜に秀一郎の女装姿をＳＮＳに投稿したところ、フォロワーから好評で、コメント数が２桁いったと満足げに報告されたわ。

しばらくはスカートで登校しようかなと言われたけど、もちろんスカートは貸さなかったわ。

第8話　徹夜をするヤツ大体バカ【日比谷蓮の視点】

「蓮《れん》、助けてくれ」

　6月最後の日。授業が終わって颯太《そうた》と2人でシェアハウスに帰宅中、突然そんなことを言われた。

「明日から期末試験だという現実を受け入れられない」

「どう助ければいいの？」

「オレが赤点を回避できるように鍛えてくれ」

「……別にいいけど、どの教科が赤点の危機なの？」

「保健体育以外の全教科だ」

「手の施しようがないね。諦めて補習を頑張ろうか」

「諦めるな！　根性を見せろよ！」

「颯太こそ、なんで根性を出して今日まで勉強しておかなかったの」

「仕方ないだろ、試験1週間前に風邪でぶっ倒れたんだから」

「俺も風邪を引いたけど、コツコツやっていたから何とかなりそうだよ？」

「過ぎたことはいいじゃないか。オレは過去を振り返らない主義なんだ」

屁理屈《へりくつ》を言われて、ちょっとイラッとした。

「澪《みお》さんって、やるべきことをサボる人を軽蔑しそうだよね。颯太、赤点取りまくったら嫌われるんじゃないの？」

「そんなの絶対に嫌だ！　頼むから助けてくれ！」

颯太は道の真ん中で絶叫した。恥ずかしいからやめてほしい。

「まぁ、颯太には風邪の時に色々買ってきてもらった恩があるからね……。とりあえず、明日テストの現国と数Ⅰと地理を今から猛勉強しよう。わからないところは教えるからさ」

「わかった！　今日から期末試験が終わるまで、毎日徹夜する！」

「そんなことをしたら思考力が低下して、まともにテスト受けられないと思うけど」

「根性で乗り切ってみせる！」

颯太は笑顔で力こぶを作って見せてきた。

「蓮も一緒に朝まで勉強しようぜ！」

「いや、俺は普通に寝るよ」

と、無謀な誘いを断ったところでシェアハウスに着き、玄関のドアを開けた。

リビングでは玲奈《れな》さんと秀一郎《しゅういちろう》が勉強道具を広げていた。

颯太《そうた》は嬉《うれ》しそうに雄叫《おたけ》びを上げる。

「うおおっ！　赤点回避のために頑張る仲間が２人も！」

「アンタと一緒にしないでよね。アタシは赤点なんか取ったことないんだから」

玲奈《れな》さんが教科書から顔を上げずにツッコんだ。

「僕はけっこうヤバいんスけどね。暗記苦手ッスから……」

「おおっ！　それなら秀一郎《しゅういちろう》、今日はオレと蓮《れん》と徹夜で勉強しようぜ！」

「いいッスね！」

「最初に寝たヤツは罰ゲームな！　スマホの検索履歴をスクショして、６人のグループチャットに投稿すること！」

「勝手に話を進めないでよ！」

最悪のゲームに巻き込まれそうになったので、慌てて制止した。

「俺は絶対やらないからね！」

「なんだよ蓮、ノリ悪いな」

「蓮くん、そんなに検索履歴ヤバい感じなんスか？」

「そ、そういうわけじゃないけどさ……」

玲奈さんの手前、そう答えるしかなかった。

「ならいいだろ。勝負しようぜ蓮」

明らかに俺より性癖がヤバい颯太が煽《あお》ってきた。

さてはこいつ、スマホでは検索しない派なのか？　ウイルス感染を警戒しているのか？

「断固拒否する。バカなことを言っていると、勉強を手伝わないぞ」

「わかったよ……」

颯太はつまらなそうにため息をついた。

「蓮が参加しないなら、ゲームはなしだな。オレと秀一郎の2人で勝負しても盛り上がらないし」

「なんでだよ。一騎打ちでも十分盛り上がるでしょ」

「いやー、やっぱり3人いないとなー」

「うんうん。蓮くんが参加しないなら、勝負はなしッスね」

「つまらない男ね。蓮、勝負しなさいよ」

玲奈さんが突然、安全圏からけしかけてきた。

なぜだろう。女子から「つまらない男」と言われると、見返したい気持ちが沸々と込み上げてくる。

「……わかった。そこまで言うなら、勝負するよ」

どうせ颯太に徹夜は不可能だろう。しょちゅう教科書を開いたまま居眠りしているし。

それに、万一負けた時に備えて、保険をかけておけばいい。後でトイレに行った時に、どうでもいい単語を検索しまくってヤバい履歴を消せば良いんだ――

「じゃあ3人とも、不正をできないよう、今すぐ検索履歴をスクショしなさい。罰ゲームでグループチャットに投稿する時に、アタシがスクショした日時もチェックしてあげるからね」

「…………」

玲奈《れな》さんが唐突に追加ルールを提案してきたせいで、俺は眠った瞬間に社会的に死ぬことが確定してしまった。

♂　♀　♂　♀　♂　♀

夕食を摂《と》り、順番に入浴を済ませた後、俺たち4人はリビングのダイニングテーブルでテスト勉強を始めた。

澪《みお》さんと陽万里《ひまり》さんは1人の方が集中できるらしく、2階の自分の部屋で勉強している。

「うう～ん……。アタシはそろそろ寝よっかな」

0時を過ぎた頃、玲奈さんが小さく伸びをしながら言った。

俺は顔を上げ、颯太《そうた》と秀一郎《しゅういちろう》の様子を確認する。2人とも目が半開きで、かなり眠そうだ。

「その状態で勉強しても、効率が悪いと思うよ？　最初に寝た人が負けなんてアホなことはやめて、もう寝た方がいいんじゃない？　早起きして続きをやりなよ」

俺は優しくアドバイスしたのだが、眠そうな颯太に睨《にら》まれた。

「いや……オレは下りないぞ。絶対に蓮《れん》の検索履歴を晒《さら》させてやる」

「俺に何の恨みがあるんだよ!?」

「僕も蓮くんの検索履歴に興味あるッス」

「君たちさぁ……」

どうやら、ゲームを中止にするのは不可能なようだ。

とはいえ、あと数時間でどっちかは眠りそうな雰囲気だ。焦る必要はないと思いながら立ち上がる。

「ん？　蓮、どこ行くんだ？」

「トイレだよ」

平然と答えた俺に向かって、颯太と秀一郎は疑わしそうな目を向けてきた。

「蓮くん、トイレでこっそり寝るつもりじゃないッスか？」

「見張っとくから、ドアを開けてしろよ」

「たかがゲームでそこまでする!?」

こいつらには数学や地理より、一般常識を学ばせる必要があるな。

「ちなみにウンコなの？」

「颯太《そうた》、さすがにデリカシーがなさすぎるよ。……小だから、ドアを開けてやれって言うなら、最悪できるけどさ」

などと我ながら低俗な返答をしたところで、玲奈《れな》さんが気まずそうにしていることに気がついた。

「……ドアを開けてできるって、変態じゃん」

「いやいや、男子は公衆トイレでオシッコする時、個室じゃないから……」

俺は慌てて、小便器について解説することになった。

深夜に何をやっているんだろうか……。

♂ ♀ ♂ ♀ ♂ ♀

その後、俺は本当にトイレのドアを開けっぱなしでオシッコをすることになってしまった。

男子の居住スペースである3階のトイレに行き、ドアを開けて便器の前に立ったところで、改めて2人に問う。

「ねぇ、本当にやるの？」

「当たり前だろ」

「この状態でオシッコを開始するのは、人として間違っている気がしてきたんだけど」

「いつも学校のトイレとかでやっていることじゃないか。さっき蓮《れん》が説明していたんだぞ」

「理屈的にはそうなんだけど、家のトイレのドアを全開にした状態で下半身を露出したことがないから、すごく緊張するというか……」

「男同士なんだから、恥ずかしがることないだろ」

「そうッスよ。いさぎよく生殖器をさらけ出してほしいッス」

「気色が悪いことを言うな！」

「勇気が出ないなら、オレも一緒にちんこを出そうか？」

「なんでだよ！」

「３人で誰が一番オシッコの勢いが強いか、勝負するッスね！」

「地獄絵図じゃないか！」

こいつら、眠すぎてテンションがおかしくなっていやがる！

などというやり取りをしている間に、尿意が限界に近づいてきた。

俺は諦め、２人の前で股間を露出する。

「――ほほう、これが蓮のペニスか」

「まじまじ見るな」

俺は両手で股間を覆い、勢いよくオシッコを出す。

もし何かの間違いで女子がやって来たら社会的に死ぬので、一刻も早く終わらせたい。

しかし、限界まで我慢していたので、なかなか終わらない。

「あはははは！　蓮《れん》、ションベン長すぎだろ！」

「本当ッスね！　長すぎて面白くなってきたッス！」

唐突に2人が大笑いしだした。

そう言われると、こっちまで笑いそうになってくる。

「おい、やめろ。俺のオシッコをバカにするな」

「だって……!!　いつまで出続けるんだよ……!!」

「さすがに出しすぎッス……!!　どれだけ我慢してたんスか……!!」

笑い続ける2人に釣られて、ついに俺まで吹き出してしまった。

その後も体を震わせながら、オシッコを出し続ける。しかしオシッコは全然終わらず、
それがまた笑いを誘ってしまう。

これが深夜テンションというヤツか……。

やがて膀胱《ぼうこう》から尿を排出し終えたので、先端をトイレットペーパーで拭いた。

「へー、蓮は拭き取る派なのか。オレはよく振る派だ」

「そんな派閥はこの世に存在しない」

♂　♀　♂　♀　♂　♀

無事にオシッコを終え、リビングに戻った俺は、すぐにシャープペンを握った。

だが、計算問題を解く俺の両肩に、颯太《そうた》がタオルケットをかけてきた。

「蓮、もう疲れただろ。休んでいいんだぞ」

「蓮くん、ホットミルク飲むッスか？」

「早く寝たいからって、俺を蹴落とそうとするな」

「眠れ～、蓮は良い子だ～、良い子や眠れ～」

「適当な子守唄を歌うな！」

俺はタオルケットを床に放り投げ、勉強を再開する。

しかし数分後、正面に座る颯太がスマホで動画を観《み》ていることに気がつき、集中力を削《そ》がれた。

勉強に関するものかと思って覗《のぞ》き込《こ》んでみたら、グラビアアイドルが水着で浜辺を走り回っている動画だった。

こいつ……眠らないようにエッチな動画を観ていやがる……!!

「颯太、勉強しなくていいの？　赤点取るかもしれないんでしょ？」

素朴な疑問をぶつけてみたところ、颯太《そうた》に睨《にら》まれた。

「バカかお前。勉強したら眠くなって負けるだろうが」

「目的が変わってるじゃねーか!!」

せっかく徹夜しても、勉強しないなら何の意味もないだろうに……。

「……あー、ダメだ。こんな動画じゃ、眠気がなくならねぇ……」

颯太は動画を停止し、弱音を吐いた。

かと思うと、俺と秀一郎《しゅういちろう》にこんな提案をしてくる。

「なぁ、1回全員で仮眠を取らないか?」

徹夜とは?

「賛成ッス。7時半くらいまで寝てもいいことにしたいッス」

もうそれただの睡眠じゃねーか。

とはいえ、元々俺は徹夜には反対だったのだ。わざわざツッコミを口に出す必要はない。

こうして俺たち3人は、午前1時過ぎに仲良く就寝したのだった。

第９話　夜のコンビニは楽しい？【橘陽万里の視点】

土曜日の22時過ぎ。試験勉強をしていて小腹がすいたわたしは、キッチンに下りてきて、冷蔵庫を開けました。

でも、すぐに食べられそうな食べ物はありません。

さすがに今からうどんを茹《ゆ》でたりするのは違うとわかっています。

この時間に食べるのにふさわしいものは……サラダチキンか、ゆで卵ですかね。

しかし、どっちも冷蔵庫内にありません。買いに行かなければ……。

でも、夜のコンビニに１人で行くのは、抵抗があります。

そこでわたしは、スマホで６人のグループチャットを開き、メッセージを入力しました。

『まだ起きていて、今からコンビニに行きたい人はいませんか？』

すると、すぐに返信が来ました。

『俺も行きたい』

『行くぜ！』

『行くッス！』

『アタシも気分転換に行こうかな』

『私はパスだ』

澪《みお》ちゃん以外の全員が同行を表明してくれました。

こんな時、シェアハウスに暮らす自由と、同居人がいる喜びを感じます。もし実家だったら、お母さんに「明日にしなさい！」って怒られるだけですからね。

すぐに4人がリビングに下りてきて、出発することになりました。

みんなで夜にコンビニに行くのは、ちょっといけないことをしている気分になって、なんだか楽しいです。

しかもその中に気になる人がいるなら、なおさらですね。

夜のコンビニはまばゆく光っていて、不思議な魅力が感じられました。

入店したわたしたちは、思い思いの場所に散っていきます。店内には珍しく他にお客さんはおらず、貸し切り状態でした。

隙間が多い惣菜《そうざい》コーナーを眺めながら歩いていると、お菓子が置いてある辺りから、颯《そう》太《た》さんと秀一郎《しゅういちろう》さんの会話が聞こえてきました。

「夜って無性にポテトチップスが食べたくなるッスよね」

「健康のことを考えたら、絶対にやめた方がいいぞ」

「そうなんスけど、夜中に食べると5割増しで美味《おい》しく感じないッスか？」

「それはわかる。たしか澪が、夜は快楽物質ドーパミンが出やすいから、ジャンクフードが余計に美味《うま》く感じると言っていたぞ」

「さすが澪さん、難しい言葉を知ってるッスね」

「本当だよな。ちなみにポテトチップスは普通に体に悪いし、夜中に食べるのは最悪だと思うぞ」

「やっぱりそうッスよね……。我慢、我慢ッス……!!」

わたしがコンビニに誘ってしまったせいで、秀一郎さんに余計な負荷をかけてしまったようです。

わたしは反省しつつ、サラダチキンを選ぶことにしました。サラダチキンなら、この時間に食べても大丈夫なはず――

「ねぇ蓮《れん》、フランクフルト食べたくない？　さすがにこの時間に1本丸ごとは抵抗あるから、半分こしたいんだけど」

突然、レジの方から不穏な会話が聞こえてきました。

大変です。玲奈《れな》ちゃんが蓮さんとの間接キスを狙っているようです。

ズルいです。わたしも蓮さんと食べ物をシェアしたいのに……!!

わたしはレジ横にいる2人のもとに急行しました。

しかし、並び立つ2人と目が合ったところで、足が止まりました。

客観的に見て、今のわたしは、2人の邪魔をしにきたように感じられたからです。

いえ、さすがにネガティブ思考すぎます。このまま自然に会話に加われば、不審がられないはずです。

……でも、自分から食べ物をシェアしたいと蓮《れん》さんにせがむのは、抵抗があります。

ただでさえ、食いしん坊だと思われているのに……。

わたしに玲奈《れな》ちゃんのような勇気があれば……。

なんて、弱気になって引き返すのは絶対に嫌です。

とはいえ、自分から半分こを提案するのは不可能です。

我ながら面倒《めんど》くさい性格だと思いますが、無理なものは無理なのです。

そこでわたしは蓮さんに近づき、この想《おも》いが通じるよう、念を込めた視線を送ることにしました。

じ――っ。

「……陽万里《ひまり》さん、どうかしたの？」

じ――っ。

「えっ？　な、何なの？」

じ――っ。

「……ひょっとして、陽万里《ひまり》さんも何か食べたいの？」

奇跡が起きました。わたしの念が通じたのです。

わたしは反射的に何度も頷《うなず》きました。

「もしかして、フランクフルト？　それなら、玲奈《れな》さんと2人で分け合ったら？」

「違います！」

あ、思わず声が出てしまいました。

「えっと、そうじゃなくて……。わたしはフライドチキンが食べたいんですが……」

「1個は多いから、半分食べてほしいってことかな？」

わたしは何度も頷きました。

蓮《れん》さんは察しが良くて助かりました。

こうしてわたしたちは、フランクフルトとフライドチキンを注文しました。

すると、節制しようとしていた颯太《そうた》さんたちが、わたしたちが買ったものにつられたらしく、ジャンクフードを買い始めました。

澪《みお》ちゃんがよく言っている『怠惰な人間が1人いると流される』という状況だなと思いました。

結局わたしたちは、体に悪い食べ物を大量に買い込み、シェアハウスに帰りました。

しかし、蓮さんとフライドチキンをシェアできるなら、多少の脂肪がお腹《なか》につくくらい、安いものです――

などと考えているわたしを余所《よそ》に、蓮さんはキッチンに向かい、念入りに手を洗った後、まな板の上にフランクフルトとフライドチキンを置きました。

そして包丁で半分に切った後、別々のお皿に載せ、わたしと玲奈ちゃんに手渡してきました。それぞれの箸までついている気遣いっぷりです。

結論。蓮さんは察しが悪かったです。

ジャンクフードはそんな上品に食べるものじゃないでしょうが……!!

こうして、間接キスチャンスは消滅しました。

とはいえ、蓮さんと玲奈ちゃんとの間接キスも幻になったので、ホッとしました。

横を見ると、玲奈ちゃんも残念そうにしています。しかしすぐに気を取り直したようで、冷蔵庫からチューブのマスタードを取り出しました。

「ねぇ、蓮のフランクフルトにマスタードかけまくっていいかしら？」

「やめてよ。俺が辛いの苦手なの知っているでしょ」

「マスタードの美味《おい》しさを教えてあげたいのよ。今日で辛いのを克服したらいいじゃない」

「だとしても、かけまくるのはおかしいよね？　克服する時って普通、ちょっとずつ慣れさせていくよね？」

「ゴチャゴチャうるさいわね！　食らいなさいっ！」

「ちょっ⁉」

玲奈《れな》ちゃんが発射したマスタードが宙を舞い、蓮《れん》さんのフランクフルトに襲いかかりました。

……最近、蓮さんと玲奈ちゃんが楽しげに話しているのを見ると、モヤモヤしてしまいます。わたしもあんな風にできたらいいのになぁ……。

自分から声をかけられないくせに、こんな気持ちになるのは良くないと思いつつ、どうすることもできません。

わたしはどんどん冷めていくフライドチキンの皿を両手で持って、その場に立ち尽くすことしかできませんでした。

第10話①　誕生日会について本気で考えてみる【日比谷蓮の視点】

「陽万里《ひまり》って、オレのこと好きなんじゃないかって思うんだ」

すべての試験日程が終わり、解放感を覚えながら男子3人で帰宅していると、隣を歩く颯太《そうた》がそんな突拍子もないことを言い出した。

「颯太、澪《みお》さんといい感じになっていたんじゃないの？」

「そう思っていたんだが、試験期間中はずっと塩対応をされてな……オレの勘違いじゃないかって気がしてきた」

「ふーん……」

それは単に澪さんは勉強に集中していただけじゃないかと思う。今回は試験のちょっと前に風邪を引いて、焦っていただろうし。

とはいえ、颯太を調子づかせるような助言をするのはやめておこう。万が一2人が付き合うことになったら、シェアハウス内で色々と気を遣うことになって面倒《めんど》そうだし。

あと、俺より先に颯太に彼女ができるっていうのは、すごく嫌だ。

「それで、なんで陽万里《ひまり》さんが自分を好きかもって思うの？」

「ふっふっふ。オレがリビングで勉強していると、積極的に絡んできてくれたんだよ。わからないところを聞くと、部屋からノートとか持ってきて、丁寧に教えてくれたしな」

それは颯太《そうた》が赤点の危機だって知っていて、心配していただけじゃないだろうか？

風邪を引いた時に世話してもらった恩を感じていただろうし。

「あと、勉強のことで夜中にメッセージを送ると、すぐに返事をくれたし」

陽万里さんの返信が早いのはいつものことじゃないかな。

「それにこの前、やり取りの最後にこんなメッセージをもらったんだ」

颯太はスマホを操作し、自信満々に画面を見せてきた。

そこには陽万里さんから送られてきた『勉強がんばってね♡』というメッセージが表示されていた。

「ハートマークがついているんだ！　これは完全にオレのことが好きだろ！」

「マジかよ……」

陽万里さんからハートマーク付きのメッセージ……羨ましすぎる。

もし送られてきたら、スクショして背景にするレベルだ。

「これはヤバいッスね！　絶対颯太くんのこと好きっスよ！」

「うん、俺もその可能性はかなり高いと思う」

「だろ!!　いやー、まいったなー」

俺たちの称賛を聞き、颯太は得意げに笑った。

「じゃあ、澪《みお》さんのことは諦めるの？」

「……問題はそこなんだよな」

颯太は難しそうな顔をして、低く唸《うな》った。

「澪も素晴らしい女性だし、そんな簡単には割り切れない。かといって、2人の女性に想《おも》いを寄せるっていうのは、不誠実だよな？」

そう問われ、俺はどう答えるのが最も得か考える。

颯太が完全に陽万里さん狙いに切り替えた場合、くっついてしまう可能性はけっこう高い。何せ、ハートマーク付きのメッセージが送られてきているんだからな。

ならば、戦力を分散させるべきではないだろうか？

「颯太が一方的に想《おも》うだけで、2股をかけるわけじゃないんだから、問題ないんじゃない？」

「そ、そうか!?」

「うん。もしかしたら、将来日本で一夫多妻制が導入されるかもしれないんだし」

「たしかに！　その可能性は否定できないな！」

「否定できると思うッスけど!?」

秀一郎《しゅういちろう》がツッコんだが、颯太《そうた》は自分に都合がいいことしか聞こえていないようだ。

「よし、決めた。俺は澪《みお》と陽万里《ひまり》、どっちともいい感じになれるように最大限の努力をすることにする」

「「…………」」

俺が焚《た》き付《つ》けた結果なのだが、割とヒドい宣言だった。

「それでさ、話はここからなんだ。次の日曜に陽万里の誕生日会をやるだろ？」

「うん、そうだね」

来る7月13日は、陽万里さんの誕生日なのだ。

そして俺たち3人は光栄なことに、誕生日当日に一緒に祝えることになっている。

誘われた時のことを思い出す度、魂が震える。女子の誕生日会に参加できるなんて、人生が充実しすぎていて怖い。

そして、絶対に失敗は許されない。今後行われるであろう、澪さんや玲奈《れな》さんの誕生日会に呼ばれなかったら最悪だからな。

「それでさ、誕生日といえば、プレゼントで好感度を爆上がりさせることができる、1年に1度のチャンスだろ？」

颯太は誕生日をそういうものとして認識しているのか。

「とはいえ、オレは金がないから、大したものは買えない。……そこで、お前たちに頼みがあるんだ」

　颯太は立ち止まり、俺と秀一郎に向かって深々と頭を下げた。

「相対的にオレのプレゼントが豪華に見えるよう、陽万里が絶対にほしがらないようなゴミをプレゼントしてくれ！」

「断る！」「絶対に嫌ッスよ！」

「なんでだよ！　陽万里はオレのことが好きなんだから、お前らはどう思われてもいいじゃないか！」

「仮にそうだったとしても、同居人にゴミを送るような人間にはなりたくない」

「僕はセンスがないと思われたくないッス」

「お前ら、自分さえ良ければそれでいいのか？」

「颯太だけには言われたくないよ！」

　てっきり、一緒にプレゼントを選んでほしいって頼まれるかと思ったのに……。

「そもそも、『絶対にほしがらないようなゴミ』って、具体的にどんなものだよ」

「河原で拾った石とか」

「店で売っているものですらないのか！」

「あ、もちろんちゃんとラッピングした上でだぞ」

「余計にダメだろ！　1回期待させるなよ！」

「拾った石なんかプレゼントしたら、普通に仲が悪くなると思うッス」

「そうか？　オレだったら『あー、こいつ頭悪いんだな』って思うだけだけどな」

「じゃあ颯太《そうた》の誕生日プレゼントは、河原の石に決定だな。『頭悪いな』って思われても別にいいし」

「おい、ふざけんな。絶交するぞ」

「仲が悪くなってるじゃないか！」

「自分がほしくないものをあげちゃダメッス。やっぱり却下ッスね」

「ぐう……」

颯太は悔しそうに唸《うな》った。

しかし一応納得したようで、反論してこない。

俺は話を前向きな方向に軌道修正する。

「ちなみに颯太、誕生日プレゼントの予算はいくらにするつもりだ？」

「1000円くらいかなと思っている」

「妥当なところだな。じゃあ俺も1000円にしよう。秀一郎《しゅういちろう》も1000円でいいか？」

「いいッスよ」

「俺にできるのは、3人の予算を同じにして、一緒にプレゼントを考えてやることくらいだ。それでどうだ？」

「……わかった。それでいい」

「決まりだね。家に鞄《かばん》を置いて、買い物に行こう」

♂　♀　♂　♀　♂　♀

いったん帰宅した俺たちは、すぐに再出発するため、リビングに荷物を置いた。

ちょっと目を離した隙に颯太がソファにダイブしたが、すぐに引っ張り起こし、駅前にやって来た。

「1000円で選ぶって、けっこう難しいよな。どんなのがいいんだろう」

アパレルや飲食店が入っている複合商業施設に入ったところで、颯太がつぶやいた。

俺は前に何かで読んだ知識を話し始める。

「友達からのプレゼントは、普段自分では買わないような、ちょっと高級な消耗品をもらうと嬉《うれ》しいらしいよ。普段500円のリップクリームを使っている子に、倍の値段のものをプレゼントするみたいな」

「そうなのか。じゃあオレ、1000円の下着をプレゼントしようかな」

「陽万里《ひまり》さんとの関係を終わらせるつもりなの!?」

まさかここまで頭が悪かったとは……。

「だってオレ、どんなリップクリームがいいかわからないし」

「……ツッコミどころが多すぎて、頭が痛くなってきたよ」

なんで下着なら自分でも選べると思っているのか。

あと下着は消耗品じゃない。

そもそも、恋人でもない女性に下着をプレゼントするという発想がヤバすぎる。

それに、女性用の下着って普通1000円以上すると思うから、『ちょっと高級』という条件にも合っていない。

「僕たちが一緒に選ぶことにして、良かったッスね」

「そうだね。誕生日会で下着がプレゼントとして出てきたら、最悪の空気になって俺たちまで大ダメージを受けるところだったよ」

命拾いしたことがわかったところで、俺たちは雑貨店や洋菓子店を回り始めた。

めぼしいものを見つけたらすぐに写真を撮り、候補が出揃《でそろ》ったところで写真フォルダを見て取捨選択をする。

その結果——

「1000円で買えるプレゼントの候補としては、『マドレーヌやフィナンシェが入った焼き菓子セット』、『陽万里《ひまり》さんに似合いそうなヘアクリップ』、『ちょっと高価なハンドクリーム』、『かなり豪華な入浴剤』ってところかな」

俺はそう結論付けた。颯太《そうた》と秀一郎《しゅういちろう》も異論はないようだ。

「全員バラバラのものを買った方がいいだろうね。どれをプレゼントしたいか、颯太から選んでいいよ」

「サンキュー。じゃあオレは入浴剤にするぜ」

「だと思った」

「え？　予想してたのか？」

「颯太のことだから、『オレがあげた入浴剤を溶かしたお湯に全裸の女子が入るところを想像すると興奮する』なんて考えるかなと思って」

「なんでわかったんだ⁉　超能力者か⁉」

「考えていたんスか……」

秀一郎は呆《あき》れたようだが、俺も似たようなことを考えてしまったので、颯太をバカにすることはできない。

「蓮《れん》くんは何にするッスか？」

「ヘアクリップ以外のどっちかかな。アクセサリーをあげるのってハードル高いし」

「じゃあ僕はハンドクリームでいいッスか？」

「わかった。俺は焼き菓子にするよ」

こうして俺たちはそれぞれの店で目当てのものを購入し、シェアハウスに帰宅することになった。

「ところでさ、誕生日会は横浜《よこはま》でやることになっただろ？」

3人並んで道を歩いていると、颯太《そうた》がスマホの画面を見ながら言った。

先日、女子3人がグループチャットに誕生日会の概要を投稿したのだ。

なんでも、陽万里《ひまり》さんが横浜の観覧車に乗りたいらしい。期末テストのお疲れさま会も兼ねて遊びに行かないかと聞かれ、俺たち3人は高速でOKした。

「横浜の観覧車、1台のゴンドラの定員は8人らしいんだけど、6人で一緒に乗るのかな？」

颯太からそう質問された瞬間、何が言いたいのかわかってしまった。

「どうせなら男女1人ずつで乗りたい、できれば陽万里さんと2人で乗りたいってことか？」

「蓮《れん》、察しがいいな」

「まぁね」

颯太には教えないけど、俺も似たようなことを考えていたからな。

「6人だとちょっと狭そうだし、男女ペアで乗るように持っていくのはたぶん可能だと思う。けど、問題は組み合わせだね。颯太と陽万里さんが一緒に乗るとしたら、俺は澪《みお》さんか玲奈《れな》さんを選ぶわけだけど……」

「それなら僕は玲奈さんがいいッス」

「だよね……」

澪さんと2人で観覧車に乗るのは、ちょっと怖い。

澪さんは美人だし、決して嫌っているわけではない。

ただ真面目すぎるので、観覧車で1周する間、2人きりで何を話せばいいのかわからないのだ。

下らない話題を振ったら、怒られそうだし……。

「たぶん澪さんと一番相性がいいのって、颯太なんだよね」

「仕方ないな、じゃあオレが2周するか」

「さすがにそれは不自然でしょ」

結局、俺と秀一郎《しゅういちろう》のどっちが澪さんと乗るかは、当日までに考えておくことになった。

第10話②　誕生日会について本気で考えてみる【橘陽万里の視点】

「2人とも、その後、蓮《れん》とはどんな感じなんだ？」

　期末テスト最終日。すべての試験を受け終え、帰宅してリビングでくつろいでいると、澪《みお》ちゃんから突然そんな質問をされました。

　わたしは玲《れ》奈《な》ちゃんと顔を見合わせました。玲奈ちゃんも困惑しているようです。

とはいえ、今この家にいるのはわたしたちだけ。蓮さんたちは鞄《かばん》を置いてどこかに出かけたようなので、話を聞かれる心配はありません。

「わたしは……特に進展はないですよ」

「アタシも同じよ」

「なるほど。恋愛とは遅々として進まないものなのだな」

　澪ちゃんは神妙な顔つきでつぶやきました。新たな知識を得たという感じで、わたしたちのことを茶化《ちゃか》している様子はありません。

「澪ちゃんはその後、どうなんですか？　誰かに恋しましたか？」

わたしが問いかけると、澪ちゃんは数秒だけ逡巡《しゅんじゅん》した後、口を開きました。

「実は……颯太《そうた》のことが気になっているんだ」

「えっ!?　おめでとうございます!!」

わたしが思わず大声を出したところ、澪ちゃんは小首をかしげました。

「陽万里《ひまり》、私は気になっていると言っただけで、祝福されるような状況じゃないぞ？」

「何言ってるのよ。澪は異性を意識するようになっただけで、お祝いするレベルじゃない」

玲奈ちゃんがそう言い、わたしも頷《うなず》きます。

「それで、颯太さんにはお気持ちを伝えたんですか？」

「いや、まだだ。結婚相手にふさわしいと判断したわけではないからな」

「澪が告白する基準、結婚を考えたらなのね……」

「当たり前だろう」

澪ちゃんはきっぱり答えました。

どうやら恋をしても、簡単には考えが変わらないようです。

「ちなみに、何がキッカケで颯太さんを意識したんですか？」

「自分も風邪で苦しい中、私たちを看病したからだ。思いやりと根性があり、共同生活を送るのに適していると感じた」

そう話しながら、なぜか澪ちゃんは眉間にシワを寄せました。

「とはいえ、颯太《そうた》に惹《ひ》かれている理由を、100パーセント正確に言語化できていないんだ。颯太が優しかったからというだけではなく、その行動が私の理解を超えていたから、というのもあるとは思う。しかし様々な事由が複雑に絡まっているというか……」

思い悩む澪《みお》ちゃんを見て、ものすごく可愛《かわい》いと思いました。できることなら今すぐ抱きしめたいです。

「わかります。恋って理屈じゃなくて、気づいたら落ちているものですからね」

抱きつきたい欲求を抑えつつ、そう言ってあげました。

「それで、これからどうするんですか？」

「試験が終わったことだし、颯太が信用に足る人物か、人間性を見極めてみようと思う」

好きな人のことを深く知りたいという話のはずなのに、物々しい言い方でした。

「それじゃあさ、今度横浜《よこはま》に行くじゃない？　その時、澪と颯太が2人きりになるようにするのはどうかしら？」

玲奈《れな》ちゃんが最高の提案をしました。

「観覧車もさ、6人で乗るんじゃなくて、男女ペアで乗ることにしましょうよ。そうすれば、澪と颯太が自然に2人きりになれるでしょう？」

「なるほど……悪くないな」

澪ちゃんが顔をほころばせました。「悪くない」と言いつつ、内心ではすごくウキウキ

している様子です。

ただ……この案には致命的な問題があります。

「問題は、わたしと玲奈《れな》ちゃん、どっちが蓮《れん》さんと乗るかですね」

「そうなるわよね。アタシたちだけ4人で乗るっていうのは、なんか変だし」

「ジャンケンで決めておきますか？」

「うーん……。でもさ、男女の分かれ方をアタシたちが事前に決めてるのって、おかしな話じゃない？」

「たしかにそうですね。万が一にも、わたしたちの思惑がバレたら最悪ですし……」

その後も話し合いましたが、妙案は出ず、当日その場でいい感じに決めようという結論に達しました。

みんなで横浜《よこはま》……楽しみです♪

第11話①　男女それぞれの反省会【日比谷蓮の視点】

待ちに待った7月13日。俺は楽しみすぎて5時すぎに起きてしまった。

目覚めてすぐ、今日着ていく予定の洋服に着替えてみた。1週間ほど前から悩みまくって決めたコーディネートである。

鏡の前でくるくる回り、おかしいところはないか、シミやシワはないかを確認した後、元の部屋着に着替えた。

汚したら終わりなので、家を出るギリギリまで着替えないでおきたい。

その後、ベッドに戻って二度寝しようとしたのだが、目が冴《さ》えていてダメだった。

今日はこのまま起きることになりそうなので、うがいをしようと思い、リビングに下りていく。

するとそこには陽万里《ひまり》さんがいた。

突然のことで、思考が停止する。

「蓮《れん》さん、おはようございます」

「…………」

「あれ？　どうかしたんですか？」

「いや……誕生日おめでとうって、どのタイミングで言うものなのかと思ってさ。数時間後に誕生日会をするけど、その前に言ってもいいのかな？」

「えっ……どうなんでしょうね」

「今言っちゃうと、誕生日会でハッピーバースデーを歌われた時に、『今朝言われたよな』って思いそうじゃない？」

「これまで考えたこともありませんでしたが、今後は頭をよぎりそうです」

「じゃあやめておこう。おはようございます」

俺が普通の朝の挨拶を告げると、陽万里《ひまり》さんは小さく笑った。

「蓮《れん》さんって本当に真面目ですよね」

「そう……？　面倒《めんど》くさいかな……？」

「いえ、いいと思いますよ。それじゃあ、誕生日会で『誕生日おめでとう』って言ってもらうの、楽しみにしていますね」

そう言って、陽万里さんは魅力的な笑みを浮かべた。

早起きは三文の得というが、金貨100枚分くらいの得をしてしまった。

それと同時に、今日は素晴らしい1日になると確信できた。

今夜は男子3人が颯太《そうた》の部屋に集まって反省会をする予定になっているが、ほくほく顔で誕生日会の感想を伝え合うことになるだろう。そんな期待が胸の中に充満してきたのだ。

♂　♀　♂　♀　♂　♀

その日の夜。俺たち3人は、颯太の部屋でのたうちまわっていた。

「くそっ……!!　なんであんなことに……!!」

颯太は後悔の念を口にしながら、両手に持ったダンベルを上下させまくっている。悔しさを筋トレにぶつけているのだ。

「なぜ僕はあの時……ああっ……!!」

秀一郎《しゆういちろう》は床に寝転がり、手足をバタバタ動かしている。

ちなみに俺は、定期的に頭を壁に打ちつけている。

阿鼻叫喚《あびきようかん》の地獄だった。

「ぜんぜん上手《うま》くいかなかった……」

それが俺の感想であり、本日の総括だった。

今日は電車で横浜《よこはま》まで移動し、最初に観覧車に乗った。その後、海が見えるカフェで食事をして、ショッピングモールで買い物をして帰ってきた。

まず観覧車。本当なら男女ペアで乗る予定だった。

しかし、実際その時になったら、「男女1人ずつで乗ろうよ」という提案が、恥ずかしくてできなかったのだ。

観覧車乗り場でチケットを買った俺たちは、順番を待つ間、お互いにその役目を無言で押し付け合った。

しかし結局、誰も言い出さなかったのだ。

今にして思えば、誰が提案するかを決めておくべきだった……。

でも俺はかろうじて、「6人で乗るとゴンドラが狭そうだよね」という意見を言えた。

だがその結果、なぜか男子3人、女子3人に分かれて乗るという最悪の結果になってしまったのだ。

可愛《かわい》い女子と観覧車に乗るという最高のイベントになるはずだったのに、台無しになりすぎて、うつむくしかない。

「あんなことになるなら、6人で1つのゴンドラに乗った方がマシだったよね……。青春っぽい写真も撮れただろうし……」

「蓮《れん》くん、自分を責めないでほしいッス」

「そうだぞ。尻込みしたのはオレも同じだ」

「2人とも……ありがとう」

俺は顔を上げたが、そこには相変わらず筋トレに励む颯太《そうた》と、ジタバタし続ける秀一郎《しゅういちろう》がいた。

とりあえず壁に頭突きしておこう。

「観覧車は残念だったッスけど、お昼に行ったカフェは超良かったッスよね。プレゼントは全部喜んでもらえたし、映える写真もいっぱい撮れたッス」

秀一郎はスマホで写真を見返しながら、無理やり笑顔を作った。

たしかに、綺麗《きれい》な海をバックに、集合写真を撮れたのは青春っぽくて良かった。

「でもさ、カフェでもショッピングモールでも、女子といい感じになれなかったよな」

颯太の発言に、俺も秀一郎も頷《うなず》いた。カフェでの食事は、ほとんどシェアハウスでの食事と変わらなかったのだ。

さらに、その後で行ったショッピングモールでは、6人全員が興味のあるお店に入った方がいいだろうという話になり、家電を見ることになってしまったし。

たしかに男女の興味を合致させるのは難しいけど、家電って……。

しかも結局店内で分かれることになり、俺は1人でパソコンコーナーに向かってしまった。そろそろ買い換えたいと考えているので、次はデスクトップにするかノートにするかを検討していたのだ。

ちなみに颯太はトレーニングマシン、秀一郎は最新スマホを見ていたらしい。女子は美容家電を見ていたようだが、よくわからない。

せっかく女子と海に出かけたのに、何をやっているんだ……。

「……そうだ、これは夢だ。起きたらまた横浜《よこはま》に行けるんだ……」

颯太《そうた》は汗だくになって筋トレしながら、現実逃避し始めた。

「やり直したいッス……!!　時間よ戻れ……戻ってくれッス……!!」

秀一郎《しゅういちろう》は合掌し、必死に念じている。もうダメだこいつら。

「ネガティブなことばっかり言っていても仕方ないよ。ポジティブなことを言って、無理やりにでも気分を上げよう」

上昇し続ける湿度に耐えきれなくなり、俺はそう提案した。

「たしかに今日は最悪の１日だったけど、悪いことばっかりじゃなかったはずだ。今日あった良いことを探して、口に出そう。たとえば……海がキレイだった！」

「そ、そうッスね！　観覧車から見下ろす海は壮大だったッス！」

「そうだな！　女子と一緒に観《み》られたら最高だったな！」

「「…………」」

ダメだ。具体性を持たせてしまうと、負の記憶に結びついてしまう。

もっと漠然としたポジティブなことを言おう。

「……い、生きているだけで幸せだ！」

「そ、そうッスよね！　今日死ぬ可能性もあったわけッスから！」

「なるほど！　命があるだけでいいってことか！」

「そうだよ！　2人とも、どんどんポジティブになってきたね！」

「生きていられて最高だ！」

「生きていられて最高ッス！」

「生きていられて最高だ！」

「生きていられて最高ッス！」

　ヤバいセミナーを開催している気分になってきた。

「――現実を受け入れよう。俺たちは失敗したんだ」

　このままだと2人を洗脳できてしまいそうなので、方向転換することにした。

「でも、俺たちには明日以降もチャンスがある。大事なのは過去を悔いることじゃなく、失敗を糧にすることだ」

「おお！　蓮《れん》、いいことを言うな！」

「そうッスね！」

「もうすぐ夏休みだ。もしかしたらまた6人でどこかに出かけるかもしれない。その時は綿密な計画を練ろう」

　こうして、俺たちの反省会は終わった。

本当に今日は、反省することだらけだったなと思う……。

第11話②　男女それぞれの反省会【橘陽万里の視点】

「……完全に失敗したな……」

横浜《よこはま》で誕生日会をしてもらった日の夜。わたしの部屋に女子3人が集まったのですが、反省会を始めた瞬間、澪《みお》ちゃんがそうつぶやきました。

玲奈《れな》ちゃんは腕組みし、同調します。

「特に観覧車よね。男女ペアで乗っていい感じになる予定だったのに、どうしてこうなったって感じだったわ」

「すみません、わたしが変なことを言ったばっかりに……」

観覧車のチケットを買った後、いつ3組に分かれることを提案しようかと逡巡《しゅんじゅん》していたら、蓮《れん》さんが「6人で乗るとゴンドラが狭そうだよね」と言い出しました。

それでわたし、勇気を出して「それなら、分かれて乗りましょうか」と言ったんです。

でもその瞬間、5人の視線が一気にわたしに集中して……。緊張してしまって……。

「なんでわたし、『男女で分かれましょう』なんて言ってしまったんでしょうか……」

わたしは両手で顔を覆い、床に崩れ落ちました。

右隣にいる澪《みお》ちゃんが肩を叩《たた》き、励ましてくれます。

「気にするな陽万里《ひまり》。私もつい『そうだな』と同意してしまったし」

「そうそう。アタシも軌道修正できなかったから、連帯責任だと思うわ。……観覧車を待ってる間の緊張感、半端なかったから仕方ないわよ」

「ああ。まさか、男女ペアで分かれようと提案することが、あんなに難しいとは思わなかった。いざその時になったら気恥ずかしくて、どうしても言い出せなかった」

「澪、それが恋なのよ」

玲奈《れな》ちゃんが無念そうにつぶやきました。蓮《れん》さんと2人で観覧車に乗れなかったことを悔やんでいるのでしょうか。

「その後もグダグダだったわよね。海が見えるカフェはネットで見たらロマンチックだったから、行ったら何か起きるだろうと思ったけど、普通に食事して終わっちゃったし」

「そうですね。せっかく景色が良かったのに、ぜんぜん活《い》かせませんでした」

「やっぱり、海に行ったら入らないとダメなのかしらね。そうすれば水着を見せられたわけだし」

「……水着、ですか」

わたしは顔が熱くなるのを感じました。

男性の前で水着姿になることには、正直抵抗があります。

でも、みなさんやっていることですし、もう高校生なわけですから……。

「いいアイディアだと思います。夏休みになったら、みんなで泳ぎに行きましょうか」

「うん。もし海に行ったら、またいっぱい写真撮りたいわね」

玲奈ちゃんがそう告げた瞬間、わたしは大変なことに気がつきました。

海に行けば、水着姿を見られるかわりに、男子の水着姿を拝むことができるんです。

しかも、写真を撮ったとしても不審がられることはありません。完全に合法です。この前のように、盗撮じゃないかと自己嫌悪に陥る必要はないのです。

「――陽万里、なんかニヤニヤしてるけど、どうかしたの？」

「っ!!　な、なんでもないです!!」

玲奈ちゃんに指摘され、わたしは慌てて真顔になりました。

追求されないよう、別の話題を振ることにします。

「今日の反省ですけど、ショッピングモールでも男女ペアで行動することはできませんでしたね」

「そうね。なぜか家電屋さんに入ることになって、アタシは入り口近くにあった美顔器に食いついちゃったわ」

「わたしもです。澪ちゃんは？」

そう質問すると、澪《みお》ちゃんはばつが悪そうに口を開きました。

「……実は、颯太《そうた》の後を付けたんだ」

「えっ⁉　そうだったんですか⁉」

衝撃の事実でした。わたしが美顔器の説明を受けている間に、そんな楽しげなイベントがあったなんて……！

「颯太さんは何をしていたんですか？」

「トレーニングマシンコーナーに直行していた」

「イメージ通りの行動をしてるわね」

「それで、一緒にトレーニングマシンを試したりしたんですか？」

「いいや、そもそも話しかけていない。店員の解説を熱心に聞いていたから、邪魔になるかと思ってな。……いや、それは言い訳だな。突然私が話しかけたら、変に思われるかもしれないと二の足を踏んだんだ」

「澪ちゃん……」

無念そうに語る澪ちゃんを見て、わたしは胸がキュンとなりました。

颯太さん……なんで澪ちゃんを誘ってあげなかったんですか……。

「それで私は物陰に隠れて、30分くらいずっと、トレーニングマシンを試し続ける颯太を見ていた」

「「………」」

引っ込み思案な恋する乙女が、急にストーカーになりました。

あと颯太さん、30分はさすがに試しすぎな気がします。

「2人はずっと美容家電を見ていたのか？」

「いえ、店員さんから一通り説明を聞いたところで、玲奈《れな》さんと2人で蓮《れん》さんを探すことにしたんですが……」

「パソコンコーナーで値段やスペックをチェックするのに忙しそうだったから、話しかけずにマッサージチェアコーナーに行ったのよ。それでみんなから連絡があるまで、2人でリラックスしてたわ」

「今更ですが、もっとみんなで楽しめるお店に行くべきでしたよね。カラオケとか、ゲームセンターとか」

「そうね。あとは、洋服を見に行っても良かったんじゃないかしら？　男子の意見を聞いたら楽しそうだし」

「そうですね。みんなで男性ものの服を見るのも面白そうです」

「総括としては、今回の計画は杜撰《ずさん》すぎたんだ。次回こういうことがあったら、出発前にもっと計画を練り上げよう」

澪ちゃんからそう提案され、わたしと玲奈ちゃんは深々と頷《うなず》いたのでした。

第12話　恋文騒動【月山玲奈の視点】

7月14日。アタシはスマホのアラームが鳴る前に目を覚ましたわ。カーテンがちゃんと閉まっていなくて、隙間から差し込んできた朝日が顔を直撃して、眩《まぶ》しかったのよ。

体を捻《ひね》って日光から逃げた直後、1階から颯《そう》太《た》と澪《みお》の言い争う声が聞こえてきて、興味をそそられたわ。痴話喧嘩《げんか》かしら。

スマホを見ると、時刻は6時50分だった。2人とも、朝から元気ね。

カーテンを閉じて二度寝しても良かったんだけど、好奇心には勝てなくて、起き上がることにしたわ。

階段を下りてリビングに移動すると、言い争う2人を確認できた。

「なんでレシートを捨ててしまったんだ。先週いくらかかったかわからないだろうが」

「そんな厳密にやらなくてもいいじゃねーかよ」

「ダメだ。私の気が済まない」

どうやら、家計簿担当の澪が、一方的に颯太に怒っているみたいね。

なんか、ちょっと羨ましいわ。『喧嘩するほど仲がいい』っていう言葉もあるし。

なんてニヤニヤしているアタシは眼中にないらしく、2人はやり取りを続けたわ。

「とにかく、1枚でも多くのレシートを回収しろ」

「ゴミ箱を漁《あさ》れって言うのかよ？」

「当然だ」

腕組みした澪《みお》に睨《にら》まれて、颯太はゴミ箱から燃えるゴミの袋を取り出したわ。

そして顔を歪《ゆが》めながら、両手を突っ込んでいったの。

もし颯太と澪が結婚したら、颯太は尻に敷かれるんだろうなって思ったわ。

もっとも、颯太は我慢強いし、強く言われるのを喜んでいる節があるから、上手《うま》くいきそうな気もするけどね。

アタシは2人を横目に冷蔵庫を開けて、紙パックの飲むヨーグルトを取り出したわ。用もないのにリビングに下りてきたと思われたくなかったからね。

でも、飲むヨーグルトをマグカップに移して飲み始めた直後、颯太が突然大声を出したの。

「んっ⁉　なんだこれ⁉」

颯太はいつもうるさいヤツだけど、今の叫び声は尋常じゃなかったわ。

気になって見に行ってみると、颯太はゴミ袋の中から、便箋の破片のようなものをいくつも取り出していたの。

――その瞬間、アタシの脳裏に試験期間中の出来事がフラッシュバックしたわ。

それは深夜のことだった。自室でテスト勉強をしていたアタシは、ふと部屋が整頓されていないことが気になって、断捨離を始めたのよ。

そして3ヶ月《かげつ》近く開けていなかった引っ越しのダンボールを開いて、小学校の頃に買った可愛《かわい》い便箋を発見したわ。

捨てるのがもったいなくて持ってきちゃったけど、もう使うことはないと思った。で、今なら捨てられると思ってゴミ箱に投げ入れたんだけど、すぐに拾い上げたわ。ただ捨てるのももったいないと思い直したのよ。

こうしてアタシは、テスト勉強そっちのけで手紙を書き始めたわ。

しかも深夜テンションで、蓮《れん》に宛てたラブレターをね。

細かい内容は忘れたけど、書いているうちに筆が乗ってきて、けっこう過激になった記憶があるわ。

手紙を書き終わった後、ちゃんと便箋に入れてみたの。それで蓮に手渡す練習をした後、急に我に返って、破いて捨てたのよ。

で、その後、しばらく部屋のゴミ箱に入ったままになっていて……。

昨日、そんなことはすっかり忘れて、リビングの一番大きいゴミ箱に、他のゴミと一緒に移しちゃったのよ。

それが今日になって、ゴミ袋の中から発見されてしまった……!!

「うおっ！　これ、ラブレターじゃねぇか！」

颯太《そうた》は嬉《うれ》しそうに叫んで、セロテープで破片を修復し始めた。

喉の奥がギュッと締め付けられるような感覚になったわ。

かなり雑に千切ったから、手紙は簡単に繋《つな》ぎ合《あ》わされていった。

作業をやめさせたかったけど、アタシが書いたってバレるから、見守るしかなかった。

ちゃんと証拠隠滅しなかった過去の自分をぶん殴ってやりたい気分だったわ。

やがてアタシのラブレターは、完全に復元されてしまった。

「えーっと、『日比谷《ひびや》蓮さまへ』……」

ラブレターがダイニングテーブルの上に置かれて、颯太に音読されるという羞恥プレイが始まった。恥ずかしすぎて死にそうだったわ。

「おいおい……このシェアハウスは恋愛禁止だぞ？　蓮のヤツ、誰かと乳繰り合ってやがるのか……？」

手紙を読み終えた颯太が、悔しそうにアタシと澪《みお》を見たわ。

「ていうかこれ、誰が書いたんだ？」

「私じゃない」

「アタシでもないわよ」

何とか声を震わせずに返事できたわ。

「アタシも澪《みお》も、ラブレターを書くようなキャラじゃないわよ」

「それはそうだな……ということは、まさか、陽万里《ひまり》が!?」

「そうだと思うわ」

驚愕《きょうがく》する颯太《そうた》の勢いに押されて、思わず嘘《うそ》をついてしまったわ。

ごめんね陽万里……。

とはいえ、まだ事件は終わってはいないわ。何とかして、陽万里が起きてくる前にこの手紙を始末しないと……。

なんて焦っていると、誰かが階段を下りてきたわ。

慌てて振り向くと、秀一郎《しゅういちろう》だった。

「3人で何やってるんスか？」

秀一郎は真っ直《まっす》ぐこっちに歩いてきて、テーブルの上のラブレターに目を留《と》めたわ。

「――なんスかこれ？」

「ラブレターだよ。ゴミ箱の中から見つけて、修復したんだ。で、澪と玲奈《れな》は書いてないって言うから、陽万里が書いたっぽくてさ」

颯太の解説を聞きながら、アタシは意識が遠のいていくのを感じたわ。

魂がフワフワして、自分の体から離れていくみたいな感覚。

ああ……もうダメだ……。陽万里が起きてきたら、アタシが書いたんだとバレてしまう。さらに蓮《れん》にもバレて……アタシの楽しいシェアハウス生活は終わるんだわ……。

「──えっと、実はこれ、僕が書いたものなんスよ」

秀一郎が突然、予想だにしなかった発言をしたわ。

でも、すぐさま颯太が反論した。

「嘘つけよ、文字が女子っぽいぞ」

「蓮くんにドッキリを仕掛けようと思って、頑張って女子っぽい文字で書いたんス。でもアホらしくなって、破って捨てたッス」

秀一郎はイタズラっ子のような笑みを浮かべて、話を続けたわ。

「けど、こうして颯太くんに見つかって驚かせることができたから、想定外の形でドッキリ大成功ッスね」

「マジかよ……めっちゃワクワクしたのに……」

「ていうか、ゴミ箱から出てきたラブレターをセロテープでくっつけてみんなで読むなんて、趣味悪いッスよ」

秀一郎はそう言いながらラブレターを掴《つか》んで、穿《は》いているショートパンツのポケットに突っ込んだわ。

「恥ずかしいから、このことは蓮《れん》くんと陽万里《ひまり》さんには内緒にしてほしいッス。じゃあ、僕は朝ご飯作るッスね」

秀一郎《しゅういちろう》は何でもないように言って、冷蔵庫からネギや豆腐を取り出し始めたわ。

なんかよくわからないけど、助かった……。

♂　♀　♂　♀　♂　♀

その日の夜。お風呂上がりにリビングでドライヤーを使っていると、秀一郎が階段を下りてきて、話しかけてきたわ。

「今朝の手紙、玲奈《れな》さんが書いたんスよね？」

その瞬間、心臓が口から飛び出そうになったわ。

「——なっ、何のことかしら？」

「ひらがなの『そ』って、2種類の書き方があるじゃないッスか？　ノートとかでみんなの字を見てて気付いたんスけど、このシェアハウスの女子の中で、あの『そ』の書き方をするのは玲奈さんだけなんスよ」

そう言って、秀一郎は得意げに笑ったわ。もう確信しているみたいだった。

もはや言い逃れは不可能ね……。観念したアタシは、潔く認めることにしたわ。

「そうよ……アタシが書いたの」

「あ、やっぱりそうだったんスね。８割くらいの確率で玲奈さんかなーと思って、鎌をかけてみたんスけど」

「――えっ⁉　アタシだって確信してたわけじゃないの⁉」

「そうッスね。一応、蓮くんが学校とかで３人以外の誰かからラブレターをもらって、ゴミ箱に捨てたって可能性もあるッスから」

「――っ‼」

そっか、そういう言い逃れの方法もあったのか……。ぜんぜん気付かなかったわ。

「まぁ蓮くんの性格的に、もらったラブレターを破いたりしないと思うッスけど。ていうか普通、わざわざ破いて捨てる人はいないッスよ」

「大嫌いな人からもらったのかもしれないじゃない。あるいは、秀一郎が言っていたみたいに、誰かのイタズラだったとか」

「仮にそうだとしたら、シェアハウスまで持ち帰らないで、もらってすぐに捨てるッスよ」

「あっ、そっか」

「だからあの手紙を見た時、たぶん３人のうちの誰かが書いて、渡さずに捨てたんだろうなーって思ったッス。もちろん、蓮くんがシェアハウスに帰ってきてからイタズラだと気づいて、破り捨てたって可能性もあったんスけど」

「もしかして秀一郎《しゅういちろう》、あの10秒くらいでそこまで考えたわけ？」

「そうッスよ」

「寝起きでそこまで頭が回ったんだ……すごっ」

「で、『そ』の書き方を見て玲奈《れな》さんに当たりを付けたんスけど、自分じゃないって顔してたし、言い出せないんだろうなって思ったッス。でも蓮《れん》くんに見られたらマズいよなと思って、いったん回収することにしたッス」

「アレは本当に助かったわ。お礼に今度の生配信で投げ銭してあげる」

「別にいいッスよ。お役に立てて良かったッス」

秀一郎はアタシの目を真《ま》っ直《す》ぐに見て、屈託ない笑みを浮かべた。

天使みたいに可愛《かわい》い笑顔だったわ。

「――あ、もちろんあの手紙は本気じゃなくて、遊びで書いたんだからね。蓮宛てに書いたのも、なんとなくで……」

「心配しないでいいッスよ、誰にも言わないッスから。……ただし」

秀一郎はにやけながら、ショートパンツのポケットからあの手紙を取り出したわ。

反射的に右手を伸ばしたけど、秀一郎は身をよじって躱《かわ》した。

「さて、僕は玲奈さんの弱みを握っちゃったわけッスけど」

「――な、なんだっていうのよ」

「これを使えば、どんな頼み事でもOKしてもらえそうッスよね」

秀一郎はそう言って、いやらしい笑みを浮かべたの。

身の危険を感じて、心臓がキュッとなったわ。

「……アタシに何をさせようってわけ？」

「そんなの決まってるじゃないッスか……またスカートを貸してほしいッス。できれば制服だけじゃなくて、私服も借りたいッス」

「…………」

独特すぎる要求だったわ。

「バカ。『どんな頼み事でも』なんて言うから、ドキドキしたじゃない」

「えっ？　女子にスカートを借りるって、けっこうハードル高くないッスか？」

「たしかにそうだけど……」

「スカートを借りる以上の頼み事って、何を想像したんスか？」

「う、うるさいバカ！」

アタシは思わず、ドライヤーを拾って投げつけそうになったわ。

♂　♀　♂　♀　♂　♀

を考えたわ。

秀一郎《しゅういちろう》に明日私服を貸す約束をした後、アタシは髪を乾かしながら、1人で色々なこと

秀一郎は今朝、あの短時間ですべてを理解した上で、アタシを守るために嘘《うそ》をついてくれたのよね……。

何それ、カッコ良すぎない？

これまでは承認欲求が強いアホな子だと思っていたから、ギャップでヤバかったわ。

……実はアタシ、可愛《かわい》い男の子も好きなのよね。女装はどうかと思ったけど、変な趣味って誰しも持ってると思うし。

それに、アタシにも変身願望はあるから、女装すること自体は理解できるわ。

とはいえ、蓮《れん》も捨てがたいのよね。けっこうイケメンだし、優しいし。

……将来は何とか、3人で上手《うま》くやれたりしないかしら……。

INBOX

第13話① 全力女装【月山玲奈の視点】

翌日の放課後。アタシはクローゼットを全開にして、秀一郎《しゅういちろう》に似合いそうなトップス5着とスカート3着、さらにワンピース2着を見繕ったわ。

変な匂いがしないか1枚1枚チェックした後、それらを抱えて部屋を出たの。

リビングに下りていくと、見知らぬ美少女が立っていたわ。でも、なぜかうちの高校の、男子の制服を着ていたの。

いえ——よく見たら、ウィッグを着けて長髪になった秀一郎だったわ。

「女子っぽくなるかと思って、帰りに買ってきたッス。どうッスかね?」

「完全に女子にしか見えないわよ。女子高の制服を着たら、普通に潜入できるレベルね」

「褒めてるつもりかもしれないッスけど、犯罪臭がして素直に喜べないッス」

秀一郎はそう言って、可愛《かわい》らしく微笑《ほほえ》んだわ。

「約束通り、いろいろ持ってきたわ。サイズは大丈夫だと思うから、好きに着ていいわよ」

「ありがとッス！　いろいろ試してみたいんスけど、感想聞いてもいいッスか?」

「もちろんよ。むしろ全パターン見せてほしいわ」

アタシがそう言うと、秀一郎は全部の服を抱えて脱衣所に入って、鍵をかけたわ。

しばらく待っていると、上も下も着替えた秀一郎が、自信なげにドアを開けたの。

フリルが付いたピンクのTシャツに、タイトめの青いミニスカート。男だとは思えないくらい綺麗《きれい》な太ももに、目を釘付《くぎづ》けにさせられてしまったわ。

それに、秀一郎は今、アタシの服を着て可愛くなっている。その事実に、筆舌に尽くしがたい興奮と、名状しがたい背徳感を覚えてしまったわ。

状況としては彼シャツの逆バージョンみたいなものだけど、まさかこんなに胸を躍らされるとは思わなかったわ。

「……どうッスかね？」

「最高に似合ってるわ!!」

上目遣いの秀一郎に質問されて、アタシは即答したわ。

心からの叫びだった。今すぐ部屋に持ち帰りたいくらい可愛いんだもん。

ちなみに秀一郎は、アタシの反応を見て胸をなで下ろしたみたいね。その後、トップスとスカートの組み合わせを何度も変えて試着して、納得が行くと脱衣所のドアを開けてアタシに見せつつ自撮りするという流れをくり返したわ。

秀一郎は着替えをする度、必ず脱衣所に入ってドアを閉めて、ちゃんと鍵までかけるの。

男子なんだから、トップスだけ着替える時はこの場で脱いでも良さそうなものだけど、徹底しているのよね。ちょっとくらい見せてくれてもいいのに。

とはいえ、秀一郎《しゅういちろう》のファッションショーを眺めるのは、ものすごく楽しかったわ。

特に脱衣所のドアが開いて出てくる度、秀一郎が自信なげに感想を求めてくるのが最高なの。

そのうち、めぼしい組み合わせをすべて試し終えたみたい。秀一郎は夏っぽい青のワンピースが一番気に入ったみたいで、自撮りしまくっていたわ。

「……この格好のまま、ちょっと外に出てみたいッスね」

「いいわね！　行きましょう！」

秀一郎のつぶやきを、アタシは全力で肯定したわ。

「で、でも、女装して外出するのはさすがにヤバいッスよ」

秀一郎は尻込みしているから、アタシはすぐさま背中を押したわ。

「どんな格好をしようと、個人の自由よ。それに、これだけ可愛《かわい》かったら、誰も女装だなんて思わないわよ」

「そ、そうッスか……？」

「1人だと勇気が出ないなら、アタシも一緒に行ってあげるわ。何かあってもアタシが守るから、安心しなさいよ。ね？」

「……そこまで言ってくれるんスか……」

満更でもない様子だったから、アタシは物理的にも秀一郎の背中を押し始めたわ。

「ほらほら、どうせなら外でも自撮りしたいでしょ？」

「……わかったッス」

秀一郎が覚悟を決めたみたいだから、アタシたちはそのまま玄関に移動する。

ちょうどそこで、蓮《れん》が階段を下りてきたの。

「──えっ、秀一郎？　もしかして、その格好で外出するの？」

蓮は秀一郎に、信じられないものを見るような目を向けたわ。

「やっぱり変ッスかね？」

「いや……変ではないと思うよ」

明らかに変だと思っている様子だったけど、否定するのは違うと思ったんでしょうね。

無理やり言葉を飲み込んだみたいだったわ。

アタシは蓮のこういう、自分には理解できないものでも、存在を批判しないところが好きなのよね。

……ヤバい。蓮を意識し始めてから、どんどん好きなところが見つかるわ。

「蓮くんはどこかに出かけるッスか？」

「うん。夜の食事当番なんだけど、サラダ買うのを忘れていたから、ちょっとコンビニに

「行こうと思ってね」

「じゃあ3人で行きましょ!」

2人はアタシの提案を受け入れて、揃って玄関を出たわ。

夕焼けで周囲が赤く染まる中、両サイドを好きな人に挟まれて歩くアタシ。どうと考えても、胸が弾んでしまう状況だわ。

両手に花とは、まさにこのことね。

「……僕たちって、他の人からどう見えてるんスかね」

秀一郎《しゅういちろう》が周囲を気にしながら、そんな疑問を口にしたわ。

「そりゃあ、蓮《れん》が両手に花って感じなんじゃないかしら？」

舞い上がっているのを悟られないよう、からかい気味に答えてみたわ。

「そうだね。颯太《そうた》が見たら嫉妬されそうだ」

「そ、そうッスか？　へへへ……」

秀一郎は少し自信を持ったみたいね。

かと思うと、秀一郎は突然駆け出して、アタシの前を横切って蓮の右側に移動したわ。

「じゃあこうしたら、僕と蓮くんがカップルに見えるッスかね？」

問いかけられた刹那、２人の姿を確認して、呼吸が止まったわ。

秀一郎はイタズラっ子のように笑いながら、蓮の右腕に抱きついていたのよ。

WINBOX

刺激が強すぎる光景に、アタシの心臓は飛び跳ねまくったわ。

危うく心臓発作で死ぬところだったわよ。

「――秀一郎《しゅういちろう》、暑いから離れてよ」

アタシとは真逆でテンションだだ下がりの蓮《れん》が、平坦《へいたん》な口調で告げたわ。

秀一郎は唇を尖《とが》らせて、すぐに蓮から離れちゃった。

「ちぇっ。蓮くん、リアクション小さくてつまらないッス」

「いくら見た目が可愛《かわい》くても、男相手には何とも思わないよ」

蓮はバッサリ言って、コンビニに向かって歩くのを再開したわ。でも、秀一郎は特に傷付いていないみたいだった。

……本人たちは何とも思ってないんだろうけど、今の秀一郎の悪ノリ、最高だったわ。欲を言えば、少しは蓮に動揺してほしかったけど、アレが自然な反応なんでしょうね。多くは望むまいと思ったわ。

――いや、ちょっと待って。蓮は今、『いくら見た目が可愛くても』って言ったわ。これは秀一郎の容姿を褒めたと言っても過言じゃないのではないかしら？

もし2人の距離が、さらに縮まったら……。将来3人で上手《うま》くやりたいというアタシの野望が、叶《かな》うかもしれないわね……!!

でもその場合、誰が攻めで、誰が受けになるのかしら……!!

キレイな夕焼けの中を歩きながら、アタシは不埒《ふらち》な妄想をしまくったのだった。

第13話② 全力女装【星秀一郎の視点】

ＳＮＳ用の写真を撮りまくっていると、「そんなにイイネがほしいの？」とか、「承認欲求が強いんだね」なんて小バカにされることがあるッス。

それである時、なんで僕はイイネをもらえると嬉《うれ》しいのか、考えてみたッスよ。

その結果、僕は自己肯定感が低いから、１人でも多くの人に認めてもらいたいんだということがわかったッス。

僕は凡人だから、運動部で活躍できないし、テストで1位になることもできないッス。

そんな誰からも褒めてもらえない人生の中で出会ったのが、ＳＮＳへの投稿だったッスよ。

イイネしてもらえると、自分の存在を肯定してもらえた感じがして、嬉しくなるんス。

自分がいることに意味はあるんだと認められたいし、できればみんなを楽しませて感謝されたいッス。そのためなら、女装するくらい何でもないッスよ。

そう思って始めた女装だったんスけど……楽しすぎてヤバかったッス。

前回は玲奈《れな》さんのスカートを借りただけだったッスけど、フォロワーさんたちにたくさ

んイイネをもらえたッス。

味を占めた僕は、例のラブレターを使って、また玲奈さんに協力してもらったッス。

ウィッグを付けてスカートを穿《は》くと、まるで別人になったような感覚になったッス。

さらに、その格好のまま外出すると、とんでもない高揚感を覚えたッス。しばらく女装はやめられそうにないッスね……。

しかも撮った写真をＳＮＳにあげたら、『キレイ！』とか、『男の子には見えない！』なんて、たくさん褒めてもらえたッス。

それで調子に乗って、そのまま生配信を始めたら、いつもよりたくさんの人が観《み》に来てくれたッス。

みんなが自分に注目してくれているのが、すごく気持ち良かったッス。

ただ、中には『スカート見たい』とか『もっと脚見せて』なんて要求してくる変な人もいて、ヤバかったッス。

最初は「僕の脚なんか見てどうするんスか」って笑ってたんスけど、『見せてくれたらお小遣いあげる』って言う人が出てきて、断ったらこの人に嫌われるかもと思ったッス。

それで、最初は座って配信してたんスけど、カメラの前で立ち上がって下半身を見せたッスよ。

そしたら本当に投げ銭をもらえて、何かお礼がしたいって気持ちになって、ちょっとスカートをめくったッス。

その直後、また投げ銭をもらえたッス。

コメントを見たら、みんな嬉《うれ》しそうにしていたッス。

こんな簡単なことで喜んでくれる人がいるんだって驚いて、もっとサービスしたいって思い始めたッス。

投げ銭っていうのは、イイネの1万倍くらい承認欲求が満たされるッス。だって、無料で押せるイイネと違って、サイフにダメージを受けるわけッスから。それって、お金を払うほど僕のことを必要としてくれているわけじゃないッスか。

でも段々『ブラはしてるの?』とか、『どんなパンツ穿《は》いてるの?』なんてコメントがエスカレートしてきて、怖くなって配信をやめたッス。

アプリを閉じた後も、しばらく動悸《どうき》が止まらなかったッス。ネットには怖い人がいるッスね……。

とはいえ、純粋に喜んでくれる人もいたから、また女装をした時に配信したいッスね。

でも次の配信前に、何度もセクハラっぽいコメントを送ってきた『シャドウ』っていうアカウント、ブロックするべきッスかね……。

でもあの人、何度も投げ銭してくれたんスよね……。うーん……。

悩みながらリビングに行くと、澪《みお》さんがいたッス。

澪さんは冷たいルイボスティーを飲みながら、何やら難しそうな本を読んでいたッス。水分補給の間も勉強をやめないのは、本当にすごいッス。

「……澪さんは自己肯定感で悩んだりしなそうッスよね」

僕がつぶやくと、澪さんは読んでいた本をテーブルに置いて、こっちに向き直ったッス。

「藪《やぶ》から棒《ぼう》にどうした。何か悩みでもあるのか？」

「悩みというか……。自分にもっと別の才能があったら良かったなと思っていたところッス。澪さんみたいに勉強が得意とか――」

「ケンカを売っているのか？」

いきなりキレられたッス。

褒めたつもりだったんスけど、一体どうして……。

「厳しいことを言うようだが、『自分には才能がない』というのは、努力から逃げる言い訳でしかないぞ。私は単に他の人の何倍も努力しているから結果が出ているだけだ。別に勉強は好きじゃない」

「えっ⁉　そうなんスか⁉」

「厳密には、学ぶのは好きだが、学校の勉強すべてが好きなわけではない。たとえば古文なんか全然面白くないし、こんなの覚えても将来役に立たないだろうなと思っている。できることなら文部科学省を掌握して学習指導要領から消滅させたいくらいだ。とはいえ今は学ばなければならないルールだし、古文は覚えるべき単語や文法が少ないから、テストで点が取りやすい教科だと割り切っている」

「そうだったんスか……」

「そもそも、才能があるかどうかなんて、すぐにはわからないだろ。最初はつまらなくても、やっているうちに楽しくなってくることだってある。秀一郎《しゅういちろう》は自分に才能がないと言い切れるくらい努力したと、胸を張って言えるのか？」

「……言えないッス……」

猛烈に反省したッス。てっきり澪《みお》さんは勉強が楽しくて仕方ないと感じる、自分とは別世界の人間だと思い込んでいたッスよ……。

「――それに、秀一郎のＳＮＳをやる才能は、今の時代に合っていると思うがな」

澪さんが突然、つぶやくように言ったッス。

「そうッスか？」

「そうだろ。少なくとも私は、あんなにフォロワーを獲得することはできないと思う。秀一郎みたいに写真を撮るのが上手《うま》くないし、どうすれば映えるのかという判断もできない。それに加えて、生配信で自分の姿を晒《さら》しながら喋《しゃべ》り続けるのも不可能だ。私からしたら、どれも立派な才能だ」

「……意外ッスね。澪さんはイイネをもらうことに価値を見出《みいだ》さないと思ってたッス」

「現代社会において、ＳＮＳのフォロワーは多い方がいいに決まっているだろう。困った時や何かに挑戦する時、誰かに助けてもらえる確率が上がる」

「そんなの、考えたこともなかったッス……」

「ふむ。秀一郎の悩みは、時代によって求められる能力は違うし、年齢によって価値観が変わるということを知れば、解決するかもしれないな」

「……どういうことッスか？」

「たとえば文明が発達していなかった頃は、食べられる木の実や飲み水の場所を知っている人が偉かっただろう。戦乱の時代には力が強い人や、軍略に長《た》けた人が重宝されただろう。そして少し前までは、学力が高い人がいい会社に入れて、たくさんお金を稼げるから有利だった。でも最近は、知識量でＡＩに勝てるはずがないんだから、誰とでも上手くやれるコミュニケーション能力の方が大事になってきているように感じる。これが時代によって求められる能力は違うということだ」

「なるほど……」

「それに、年齢によって価値観が変わるというのもある。たとえばだが、10代は運動能力が重視されていたが、20代では学歴が重視されるようになり、30代では年収が重視されるようになって、40代では自分を慕ってくれる人の数を重視するようになる、みたいな感じだ。今の段階では秀一郎は私を羨んでいるようだが、20年後には私が秀一郎を羨ましいと思っているかもしれない」

「そ、そんなことあるんスかね……？」

「未来がどうなるかは誰にもわからん。だから、自分を変に貶《おとし》める必要はまったくない。さすがに一切勉強しないのはどうかと思うが、自分の好きなことや得意なことをやっておくのは大事だ。最も良くないのは、何もしないことだからな」

「か……カッコいいッス……!!」

ほんの10分前まで悩んでいたのが嘘《うそ》みたいに、視界が開けたッス!!

僕は今のままでもいいってことッスよね……!!

「――さて。長々と演説して、いいストレス解消になった。私は勉強に戻ることにするよ」

澪《みお》さんは空になったコップを洗った後、颯爽《さっそう》と階段を上っていったッス。もっと話したかったけど、仕方ないッスね。

今のやり取りで、澪さんのイメージが激変したッス。怖い人だと思っていたけど、僕の誤解だったんスね。

何より、ＳＮＳに熱中していることを肯定してもらえたのが嬉《うれ》しかったッス……。

♂　♀　♂　♀　♂　♀

翌朝。朝食時に遭遇した澪さんを見て、今日もカッコイイなって思ったッス。澪さんはどんな時もキッチリしていて、憧れるッスね……。

女装する時は可愛《かわい》い系の服っていう固定概念があったッスけど、ちょっとボーイッシュな服装もいいかもしれないッスね……。澪さんが貸してくれたらいいんスけど、さすがに無理ッスよね……。

——なんて考えていて、澪さんを目で追いまくっている自分に気がついたッス。

危なかったッス。もし蓮《れん》くんや颯太《そうた》くんにバレたら、恋してるんじゃないかって誤解されるところだったッス。

僕は憧れているだけで、惚《ほ》れたわけではないッス。だって、澪さんと付き合いたいわけじゃなく、澪さんみたいになりたいと思っているんスから。

第14話①　試験結果【不破颯太の視点】

それは、期末テストの順位が発表になった日の放課後のことだった。

日課のスクワットを終えたオレがリビングでプロテインを摂取していると、階段を下りてきた澪《みお》が、そのままこっちに歩み寄ってきた。

「颯太《そうた》、試験結果はどうだった？」

そう問われた刹那、オレはプロテインを置いて駆けだした。

しかし、ベルトをガッチリ掴《つか》まれ、逃亡を阻まれた。

さらにそのまま壁際に追い詰められる。

澪の美しい顔が間近に迫ってきて、胸が高鳴った。

「——なぜ逃げるんだ？」

そう問われ、オレは目を逸《そ》らしつつ答える。

「いや……なんとなく」

「やましいことでもあるのか？」

「そういうわけでは……」

「それなら、なぜ私の目を見ないんだ？」

澪は疑問を投げかけつつ、オレの顔のすぐ横を掌底で突き、ドンと鳴らした。

いわゆる壁ドンをされたのである。

「試験結果を見せろ」

「あー……失《な》くしちゃって――」

「嘘《うそ》をつくな。本当は持っているんだろう？」

詰問すると同時に、澪はオレの股の間を右足で蹴った。

壁ドンに続き、股ドンをされたのである。

股間がヒュンッとなった。

ヤバい、何か新しい性癖に目覚めたかもしれない……。

「えっと、本当はオレのバッグの中に……」

「見るぞ？」

「どうぞ……」

抵抗する力を吸い尽くされたオレが同意すると、澪は床に落ちているオレのバッグを漁《あさ》り始めた。

この遠慮がない感じ……悪くない。

だが、楽しいのはここまでだった。試験結果が書かれた紙が発見され、澪《みお》の表情が失望に変わったのだ。

「なんだこれは……」

「で、でも、一応全教科で赤点は回避したんだぞ？」

「………」

「すみませんでした……」

深々と頭を下げると、澪は咳払《せきばら》いをした。

「まぁ、私は謝罪を受ける立場じゃないんだがな。颯太《そうた》の授業料を払っているわけでもないし」

「そ、そうだな……」

「ちなみに、今回の期末テストに向けて、どの程度勉強したんだ？」

「とりあえず、赤点回避できるくらいかな……。だってさ、大学受験まではあと3年あるし、せっかく覚えても忘れちまうだろ？　もっと受験が近くなってから一気に覚えた方が効率的かと思ってさ」

早口で言い訳すると、澪は嘆息した。

「あのな、颯太。どうせ努力をするなら、早い方がいいんだぞ。筋トレだってそうだろう？　トレーニング後に体重計に乗って筋肉量が増えたとわかった方が、やる気が出て続けやすい。努力の結果が見えた方が、頑張るのが楽になるんだ。マラソン大会で1位の時とビリの時、どっちの方が気持ちよく走り続けられるかって話だ」

「なるほど……」

「しかし3年生になってから努力を始めても、その頃には他の人たちも努力を始めているから、テストの順位などで結果が出づらいんだ」

「言われてみれば……」

「その他にも、1日でも早く努力を始めた方が良い理由はたくさんある。たとえば、勉強をしていることによって勉強家の友人が増え、有用な情報が手に入りやすくなるかもしれない。逆に勉強をサボっていると、同じように怠惰な友人が増え、頑張らなくてもいいんじゃないかという気がしてくるんだ。しかし、社会に出たら友人グループという垣根がなくなり、競争相手が一気に増える。その時になって不勉強を嘆いても、遅いんだ」

「そっか……」

「もちろん、社会に出てから勉強し直すという手もある。しかし、同じくらいの能力を持った人間が2人いたら、より若い人間にチャンスが与えられることが多い。極端な話、15才から努力を始めるのと、30才から努力を始めたのでは、同じ努力量だったとしても雲泥の差があるんだ」

「たしかに……そんな気がしてきた……オレはなんてバカなことをしちまったんだ……」

「過去の愚行を嘆く必要はない。むしろ、今日過ちに気づけたことを喜ぶべきだ」

「でもオレ、今から何をすればいいのか、わからないよ」

「とりあえず、今回の期末試験の復習をしろ。もう一度まったく同じ試験を受けた時に、満点を取れるレベルでな」

「わかった！」

「3日後に私が再テストしてやるから、サボるなよ」

「お、おう……！」

澪《みお》の鋭い視線にゾクッとしながら、オレは気合いを入れた。

♂　♀　♂　♀　♂　♀

こうして、期末テストの問題と解答を丸暗記する日々が始まった。

スクワットしている時も、食事をしている時も、プランクしている時も、風呂に入っている時も、Vシットアップしている時も、トイレにいる時も、模範解答を書き込んだ紙をひたすら凝視し続けた。

そして3日後の土曜日。昼食後に澪とリビングで2人きりになり、本当にセルフ再試験を行うことになった。

さすがに全教科やっていると時間が大変なことになるので、現国と地理と歴史と数Iと数Aと化学と物理と英語だけを受ける。

本来1科目50分なのだが、2回目なので制限時間は1科目30分に決まった。

4時間ぶっ通しでテストを解きまくる。

一方澪は隣に座り、オレが問題を解き終えた瞬間から採点していく。リアルタイムで点数を算出しているのだ。

後でミスに気付いても修正不可というスタイルである。

やがて、すべてのテストが終わった。澪から採点を終えた答案を見せてもらう。

「くそっ……!!　全教科満点が目標だったのに……!!」

最高得点は96点で、最低得点が82点。かなりの正解率だったが、覚えづらい単語や、複雑な計算問題は落としてしまっていた。

とはいえ、元々はほとんどの科目が40点台だったのだ。大幅にアップしているし、努力の成果は出せた気が――

「情けないな。目標は達成できなければ、意味がないぞ」

澪はオレに冷たい目を向け、そう告げた。

オレは悟った。これで完全に澪に嫌われたことを。

澪は努力しない人間が嫌いだ。看病して好感度を上げたつもりでいたが、期末テストの結果で一気にマイナスになってしまったのだ。

しかもオレは、せっかくもらった再テストという名誉挽回《めいよばんかい》のチャンスを、ふいにしてしまった。

「……まぁ、次はもっと頑張るんだな」

澪《みお》は取って付けたように言った。

悔しい……。こんなに悔しいのは、生まれて初めてかもしれない。

でも、オレでもやれば結果が出ることはわかった。

次のテストでは、絶対にいい点を取って、澪を見返してやる……!!

第14話②　試験結果【五十嵐澪の視点】

颯太《そうた》の試験結果は、凄惨なものだった。あんな点数を取っておいて、笑っていられる神経が理解できん。

だが颯太は私の説教臭い話を聞いて素直に反省し、努力すると約束した。

努力開始は1秒でも早い方がいいが、遅すぎるということはない。私は嬉《うれ》しくなり、再試験すると一方的に予告した。

そして3日後。颯太をリビングに呼び出し、テストを受けさせてみた結果、全教科の点数が格段に上がった。どうやらサボることなく、ちゃんと復習をしたようだ。

「くそっ……!!　全教科満点が目標だったのに……!!」

3日でこれだけ進歩していれば及第点だと思ったが、颯太は悔しがっている。向上心があるのはいいことだ。

であれば、ここで下手に褒めない方がいいだろう。

「情けないな。目標は達成できなければ、意味がないぞ」

そう言ってやると、颯太《そうた》は絶望的な顔になった。可愛《かわい》いヤツめ。

とはいえ、ちょっと冷たすぎたかもしれない。

「……まぁ、次はもっと頑張るんだな」

そう励ましておいた。私のアドバイスを受け、素直に努力した颯太の今後には、期待しかない。

普通、人間はなかなか変われないものだ。年を取れば取るほど、プライドが邪魔をしてしまうからな。

だが颯太には柔軟性がある。それに、努力を続ける根性もある。おそらく、普段から筋トレをしていることが関係しているのだろう。

加えて颯太は、その腕力を他者に向けて使おうとはしない。絶対に反撃してこないとわかっているから、言いたい放題できて楽しいのだ。

颯太の答案を眺めながら、私はニヤニヤしてしまう。次はどんな難題を与えてやろうかな。

第15話　完璧な夏休みのために【日比谷蓮の視点】

7月22日、終業式当日。

12時前にすべての予定が終わって、廊下で合流した颯太と秀一郎《しゅういちろう》は、解放感でいっぱいという顔をしていた。明日から夏休みに突入するのだから、当然かもしれない。

しかし俺は、手放しで喜ぶ気にはなれなかった。

下駄箱《げたばこ》で靴を履き替えながら、２人に問題提起する。

「どうやって女子たちをプールに誘うかを、考えておかないといけないと思うんだ」

「？　そんなの、普通に誘えばいいんじゃねぇのか？　朝飯食いながら、『今日プール行きたいヤツいない？』ってさ」

颯太が疑問を呈したので、俺が解説する。

「たしかにそうなんだけど、それだと観覧車の二の舞になりそうな気がするんだよね」

「二の舞？」

「男子だけで行く雰囲気になるかもしれない、ってことだよ」

「もしそうなったら、『女子も一緒に行こうぜ』って言えばいいだろ」

「たしかにそうだね。じゃあ颯太《そうた》、お願いね」

「おい、誘う役はジャンケンで決めるべきだろ」

颯太が慌てて文句を言ってきた。

普段はデリカシーのない発言ばかりするくせに、こういうのは恥ずかしいらしい。

「でも、女子って急にプールに誘ってOKしてもらえるものなんスかね？　色々と準備があるんじゃないスか？」

「うーん、どうなんだろう」

秀一郎《しゅういちろう》に質問され、俺は頭を悩ませる。

とはいえ、女子のことは何もわからないし、考えるだけ時間の無駄だ。

「リスク軽減のために、急に誘うのはやめておこうか。水着とかの準備もあると思うし」

「そもそもさ、澪《みお》や陽万里《ひまり》の水着姿、オレはものすごく見たいけど、他の男には絶対見せたくないんだが」

「気持ちはわかるよ。でも颯太は彼氏でも何でもないんだから、独占できないでしょ」

「わかった。じゃあお前たちにも見せてやる」

「君に何の権利があって許可を出したの？」

「というわけで、シェアハウスのリビングにプールを建設しよう。部屋中にビニールを敷き詰めて、水を溜《た》めるんだ」

「もし水が漏れたら、損害賠償が大変なことになりそうだね」

「でも、シェアハウスにプールができたら、プールに誘う手間が省けるだろ」

「頓知を働かせたつもりなのかもしれないけど、普通の生活ができなくなって、女子が退去していく可能性があるよ」

相変わらず颯太は頭がおかしい。相手をするのはやめるとしよう。

「とりあえず、今からするジャンケンで負けた人が明日の朝、女子3人をプールに誘うっていうことでいいかな?」

俺の提案に、颯太と秀一郎が乗った。

そして3人でジャンケンした結果、俺が一発で負けた。

♂　♀　♂　♀　♂　♀

シェアハウスに帰宅すると、リビングに女子3人が揃《そろ》っていた。

「——3人とも、話がある。そこに座ってくれ」

なぜか殺気を放った澪さんにダイニングチェアを指差され、俺たちは素直に従った。

片側に男子3人が、反対側に女子3人が座る形になったのだが、一体何が始まるんだ……？


「今から6人で、夏休みの計画を立てようと思う」

澪《みお》さんは俺たちを見回しながら、高らかに宣言した。

俺と秀一郎《しゅういちろう》が戸惑う中、颯太《そうた》が質問する。

「計画って、どんな？」

「どんなものでもいいのだが、たとえば毎日何時に起きるとか、宿題は毎日何ページずつ終わらせるとかだな。学校がなければ生活が不規則になり、不健康になる。それを避けるため、目標を定めておくのだ」

「せっかくの夏休みなんだし、好きな時間に起きて、気が向いた時に宿題をやるんじゃダメなのか？」

「ダメだ」

颯太の質問に対し、澪さんは言い切った。

俺たちに自由はないらしい。

「自分を律することができない人間は大成しない。なので全員の目標を共有しておくことにしよう。予定の時間になっても起きてこなければ私が起こすし、宿題の進行状況も定期的にチェックするぞ」

四人みたいな生活が始まりそうだった。

「ちなみに、澪は毎日何時に起きて、1日何ページ宿題をやる予定なんだ？」

「朝4時だ。あと夏休みの宿題はすでに全部終わらせてある」

颯太の問いかけに、澪さんは当然のように答えた。そんな人いるんだ……。

「ちなみに澪さん、夏休みの計画というのは、辛《つら》いことばかりじゃないんですよね？　夏休みにやりたいことリストを作る意味もあるというか」

陽万里《ひまり》さんに質問され、澪さんは頷《うなず》いた。

夏休みにやりたいことリストと言われると、急にワクワクしてくるな。

とはいえ、やりたいことと言われても、急には思いつかないけど……。

「オレのやりたいことは、積みゲーをなくすことだな」

颯太が下らない目標を立てたが、意外にも澪さんは怒らなかった。

「たしかに、遊びも重要だな。時間を気にせず好きなことに集中できるのは、夏休みの醍《だい》醐《ご》味《み》だ」

「それで言うとアタシ、そのうち観《み》ようと思ってた映画がたくさんあるのよね」

「あ、俺もだ」

玲《れ》奈《な》さんの発言を聞き、気になる映画をお気に入り登録していたことを思い出した。

「玲奈さん、観たい映画のリストを見せ合って、被《かぶ》っているヤツは一緒に観ない？　バラバラに観ると電気代が無駄になるし」

「えっ、あ、うん……！」

「その時はわたしもご一緒したいです」

玲奈《れな》さんが頷《うなず》いた直後、陽万里《ひまり》さんが挙手した。

「わたしは特に観《み》たいものが決まっていないので、おふたりに合わせます」

「うん、わかった。じゃあ後で、リストを共有するね」

エロそうな映画はリストから外しておこうと思いながら、俺は2人に言った。

その後も会議は続き、陽万里さんが「家庭菜園をやってみたいです」と言ったり、澪《みお》さんが「ボランティア活動もしてみたいな」と言ったりして、順調にみんなのやりたいことリストが出来上がっていった。

——と、そこで俺は大変なことに気がついた。

今ここで、「みんなでプールに行こう」って言えばいいんじゃないか？

顔を上げると、颯太《そうた》と秀一郎《しゅういちろう》がこっちを見ていた。どうやら、2人はとっくに気付いたようだ。

問題は誰が提案するかだが、2人に探るような目を向けると、無言の圧力を受けた。

そうだ。俺、さっきジャンケンで負けたんだった。

2人とも、早く誘えと言いたげだ。

俺は覚悟を決め、口を開く。

「あとさ……」

だがその瞬間、女子3人の視線が集中し、一気に緊張する。

もし断られたらどうしよう……。下心を見抜かれて、気色悪いと思われたらどうしよう……。

性的な目で見ていることがバレて、今後の同居生活に支障を来したら嫌だ……!!

「……この辺で夏祭りとか、花火大会ってあるのかな?」

俺は心の中で急ブレーキを踏み、そう質問した。

「夏祭り、いいですね。たしかあったはずですよ」

陽万里さんが言い、女子3人がスマホで検索し始めた。

だが、颯太と秀一郎は相変わらず、俺を睨《にら》んでいる。「日和《ひよ》ってないで、早く誘えよ」

「弱気になっちゃダメッスよ」と言いたげだ。

しかも今は、女子3人の視線が各々のスマホに向いている。

このチャンスを逃したら、俺は二度と誘えないはずだ――

「…………」

しかし、俺の意志に反して、言葉が出なかった。

言うことは決まっている。「6人でプールに行こう」という短い文章だ。

それに、恐れることはない。ここにいる5人のうち、2人は味方なのだ。玉砕したとしても、痛みを3等分できる。

……でも、頭ではわかっているのに、どうしても言えなかった。

すべてが嫌になり、机に突っ伏してしまう。

俺は約束を守れないダメなヤツだ。どうせ今後も、嫌なことや辛《つら》いことから逃げ続けていくんだろう……。

「――あと、6人でプールに行かないッスか?」

俺は思わず顔を上げた。見かねた秀一郎《しゅういちろう》が、代わりに女子を誘ってくれたのだ。

「おお、オレはいいぞ」

「うん、俺も行きたい」

女子たちが何か言う前に颯太《そうた》が同調し、俺もしれっと乗っかった。まるで示し合わせていたかのような連係プレイだった。

一方、女子3人は顔を上げ、一瞬だけ視線を交差させた。

ど、どっちだ……!?

「――アタシは、別にいいわよ」

「わたしも大丈夫です」

「今年の夏は特に暑いからな。いいアイディアだと思う」

3人全員から色よい返事をもらい、俺たちは顔を見合わせた。

水着姿を期待していることはバレたくなかったが、喜びを隠しきれず、全員顔がほころんでいた。

しかし、喜んでばかりはいられない。万が一にもプールの約束が消滅しないよう、予定を詰めなければ。

「準備もあると思うし、行くのは来週でいいかな？　平日の方が空《す》いてそうだから、平日がいいよね？　問題なさそうだったら候補地をピックアップして、6人のグループチャットに送っておくね」

誘えなかったことへの罪滅ぼしとして俺が幹事を名乗り出たのだが、誰からも異論は出なかった。

来週やることリストに、『6人でプールに行く』が追加された瞬間だった。

緊張感から解放され、背もたれに倒れかかる。

すると、男子3人のグループチャットにメッセージが送られてきた。

『やったな秀一郎！　お前がナンバーワンだ！』

颯太が秀一郎を賞賛していた。俺も文章を送る。

『秀一郎、本当にありがとう。君は命の恩人だよ』

メッセージを受け取った秀一郎は照れており、気まずそうに下を向いている。

俺は今回、女子をプールに誘うという大役を果たせず、不完全燃焼に終わった。

でも、秀一郎《しゅういちろう》のフォローによって、最高の予定ができた。
俺たちの暑い夏が、始まろうとしている——!!

第16話①　水着を着る勇気【橘陽万里の視点】

夏休み初日。うだるような暑さの中、わたしは澪《みお》ちゃんと玲奈《れな》ちゃんと3人で、駅前にある複合商業施設に向かいました。

目的は当然、水着を買うためです。

「——それにしても、昨日は上手《うま》くいきましたね」

わたしが言うと、澪ちゃんと玲奈ちゃんが頷《うなず》きました。

実は、澪ちゃんが「夏休みの計画を立てよう」と言い出したのは、プールに誘ってもらうための布石だったのです。

そして目論《もくろ》み通り、6人でプールに行く予定ができました。さらに、花火大会にも行くことになりそうです。とっても楽しみですね♪

やがて、駅前の複合商業施設に到着しました。女性用の水着を扱うお店が複数あったので、3人で見て回ります。

その結果、ビキニでもお腹《なか》をほとんど露出しないものもあれば、下着以下の面積しか隠

さないものもあることが判明しました。

1人で偵察に来ていたら、確実に前者を選んでいたでしょう。でも、今回は仲間がいます。

「どうする？　とりあえず、中間くらいの露出度のビキニを着てみるか？」

澪《みお》ちゃんから提案され、わたしと玲奈《れな》ちゃんは頷《うなず》きました。

それぞれ選んだビキニを抱え、3人でフィッティングルームに向かいます。

カーテンを閉めて服を脱ぎ、わたしは人生初のビキニを身につけました。

フィッティングルーム内の姿見に映った自分を見て、顔が熱くなりました。公衆の面前で身につけるとは思えないくらい、布面積が少なかったからです。

こんな格好で外に出ろと？　しかも泳げと？

万一水着がズレたらどうするんですか。末代までの恥じゃないですか。

みんなで水着を見せ合う約束でしたが、カーテンを開ける勇気がなかったので、鏡に映った自分を撮影して2人に送りました。

それから少しして、澪ちゃんと玲奈ちゃんのビキニ姿も送られてきました。

2人とも、ものすごく可愛《かわい》かったです。

そして2人の写真を何度も見比べていると、この布面積のビキニを身につけることが、そこまでおかしくない気がしてきました。

改めて、鏡の中の自分を見てみます。

正直、いい勝負ができそうだと思いました。我ながら、モデルさんみたいなプロポーションです。

……というか、これ、勝ち戦なのでは？　羞恥心をどうにかできれば、蓮《れん》さんのことを落としてしまえるのでは？

いや、むしろ、ちょっと恥じらいがある方が好みだったりして……？

水着をめくって値札を引っ張り出し、今日買って帰れることを確認しました。

どうしましょう。今日は下見の予定でしたが、もし他の2人が買うなら、わたしも……。

などと前向きに検討していると、玲奈《れな》ちゃんからメッセージが届きました。

『喉渇いたし、いったんカフェで作戦会議しない？』

いい考えだと思いました。観覧車の二の舞にならないよう、今回はしっかり話し合わなければ。

わたしたちは元の服に着替え、ビキニを売り場に戻してから、カフェに移動しました。

第16話②　水着を着る勇気【月山玲奈の視点】

夏休み初日。駅前の複合商業施設にある洋服屋さんでビキニの試着をしていたアタシのスマホに、衝撃的な写真が送られてきたわ。

陽万里《ひまり》のビキニ姿よ。

見た瞬間、これはヤバすぎると思ったわ。プロポーションが良すぎて、破壊力がすごかったんだから。

しかも陽万里はアタシと違って、シェアハウス内であまり薄着にならない。だからギャップがヤバいのよ。

こんなの蓮《れん》と秀一郎《しゅういちろう》が見たら、イチコロに決まっているわよ。ついでに颯太《そうた》も瞬殺されるでしょうね。

さらに、澪《みお》から送られてきたビキニ姿も、優等生が自分だけに大胆な姿を見せてくれたという感じでヤバかったわ。

何とかして、2人がビキニを着るのを阻止しないと……!!

というわけで2人の試着を中断させて、作戦会議と称してカフェに誘導したわ。

そして店員さんからアイスカフェオレを受け取ってテーブルに座るなり、話し始めたの。

「そういえば、ビキニを試着していて、思い出したことがあるのよ。アタシの従姉《いとこ》が一昨年《おととし》の夏、初めてビキニ着た時の話なんだけどね」

と、アタシは怖い話を始めたわ。

「従姉は当時高1で、夏休みにクラスの男女でプールに行ったらしいのよ。最初は緊張していたけど、だんだん慣れてきて、みんなでウォータースライダーに乗ることになったらしいわ。――でもね、滑り終わって立ち上がったところで、やけに周囲の人たちから見られていることに気付いたんだって」

「ま、まさか……」

「そう。ビキニの肩紐《かたひも》がほどけて、水着が落ちかけてたんだって。胸はほとんど丸見え。慌てて両手で隠したけど、すでに大勢の人に見られた後。しかも、一緒にプールに来ていたクラスの男子たちにも見られちゃったらしいわ」

「うわぁ……」

陽万里《ひまり》はその子に感情移入したらしく、真っ青になっているわ。

アタシは畳みかける。

「従姉は恥ずかしすぎて、更衣室に逃げ込んで泣いたんだって。あと、みんなに会わせる顔がないから、そのまま帰ったって言ってたわ。夏休み明けにみんなと会うのが辛《つら》かったし、もう二度とビキニを着ないって言ってたわね」

「「………」」

澪《みお》と陽万里は、気まずそうに顔を見合わせたわ。

「……やっぱり、もっと布面積の大きい水着にしましょうか」

「ああ。危機管理を考えたら、その方が良さそうだ。むしろ、ビキニタイプは避けるという選択肢もあり得る」

「そうなるわよねぇ……」

アタシは神妙な顔つきで返事したわ。

ごめんね男子たち。澪と陽万里のちょっと大胆なビキニ姿が見たかったよね。

でも恋愛は戦。開戦前に、敵の戦力を削《そ》ぐのは基本なのよ。

その後、アタシたちはカフェを出て、さらに数種類のビキニを試着した後、何も買わずにシェアハウスに帰ったわ。アタシの従姉の失敗談を聞いたからか、澪も陽万里も、最後の一歩を踏み出せないでいるようだったわ。

さて、アタシはどうしようかしら。抜け駆けして、1人だけ際どいビキニを買う？　いや、でも、蓮《れん》と秀一郎《しゅういちろう》がどんな水着が好みかわからないわ。もしかしたら、はしたない女だと思われるかも……？

水着のお披露目《ひろめ》までは、まだ時間があるわ。じっくり作戦を練ることにしましょう。

♂　♀　♂　♀　♂　♀

水着を下見に行った日の夜。お風呂上がりにリビングでドライヤーを使いながらスマホをいじっていたら、秀一郎《しゅういちろう》がやって来て話しかけられたわ。

「先週、玲奈《れな》さんに借りた服で女装したまま生配信をしたんスよ。そしたらすごい額の投げ銭をもらえたッス」

「へー、そうなの。良かったわね」

アタシは素知らぬ顔で返事したけど、その配信は最初から最後まで視聴したから全部知っているし、録画データもパソコンに残っているわ。あと少額だけどアタシも投げ銭をした。裏アカだし、アカウント名は『シャドウ』っていう適当なものだから、バレてないと思うけど。

「それで、衣装提供してくれた玲奈さんに、何かお礼をしたいッス。何かほしいものないッスか？」

「いいわよ別に。元々アレは、アタシが助けてもらったことへのお礼なんだから」

「遠慮しないでほしいッス。僕は次の生配信で『衣装提供してくれた友達に恩返ししたッス』って話すネタがほしいだけッスから」

「あ、そういう魂胆があるのね」

「そうだ。もし良かったら、蓮《れん》くんを落とす手伝いをさせてほしいッス」

「だから、蓮に手紙を書いたことに深い意味はなくて……。ていうかアンタ、アタシと蓮のことを配信で話すわけ？」

「もちろん、個人が特定されないように配慮して話すッスよ」

「だとしても、シェアハウスのことを知っている人が聞いたら、感付かれるでしょ」

「あ、たしかにそうッスね。じゃあ、配信で話さないと約束するから、僕に蓮くんとのことを手伝わせてほしいッス」

「……仮にアタシが蓮を惚《ほ》れさせたいとして、それを秀一郎が手伝うことに何のメリットもないじゃない」

「そんなことないッスよ。玲奈さんも蓮くんもすごくいい人だから、上手《うま》くいったら嬉《うれ》しいッス」

「そ、そっか……」

アタシは動揺しつつ返事したわ。

秀一郎が恋を応援してくれるのって、アタシを異性として見ていない証拠よね……。

いや、恋を応援することで一緒にいる時間を増やして、自分が彼氏の席に収まる作戦かも——っていうのはさすがに考えすぎよね。

とはいえアタシの最終目標は、３人で幸せになること。秀一郎《しゅういちろう》と協力関係になるのは、悪くない気がするわね。

なんて色々考えている最中、アタシは妙案を思いついたわ。

「じゃあさ、水着を選ぶ手伝いをしてくれないかしら？」

「えっ？　水着ッスか？」

「そう。来週プールに行くでしょ？　どんな水着を着たら蓮《れん》を惚《ほ》れさせることができるか、一緒に考えてよ」

言うが早いか、アタシはスマホに、更衣室で自撮りした写真を表示させたわ。

ちょっと恥ずかしいけど、こういうのは勢いよ。遠慮される前に見せてしまいましょう。

「今日、いくつか試着してきたのよ。たとえばこういうの、どうかしら？」

「——っ!?」

ビキニ姿のアタシを見て、秀一郎が息を呑《の》んだのがわかったわ。

「あと、こういうのとか、……こういうのとか」

露出度がだんだん過激になっていくよう、順番を計算して写真を表示させていく。秀一郎の視線はスマホに釘付《くぎづ》けよ。

秀一郎は中性的な顔立ちだけど、ちゃんと男の子なんだなと思ったわ。

でも汚らしいという感じはしなくて、ただただ可愛《かわい》い。

「どうかしら？　秀一郎は、どの水着がいいと思う？」

「いや……その……」

「ん？　よくわからなかったかしら？　もう1回見る？」

「だ、大丈夫ッス！」

秀一郎は顔を赤らめて、両手を大きく振ったわ。

「……えっと、僕が困っているのは、僕の趣味でいいのかってことなんス。蓮くんとは、たぶん女性の趣味が違うと思うんスけど」

「そんなことないわ。男子高校生の考えることなんて大体同じよ」

「ヒドい偏見ッス……」

「偏見だって言うなら、秀一郎の趣味と、秀一郎が考える蓮の趣味を、それぞれ教えてみなさいよ」

「そうッスね……。まず僕は、フリルがいっぱい付いてるヤツがいいと思うッス。可愛くて、女の子らしさが出ていいと思うッスよ」

「ふむふむ」

「で、たぶん蓮くんはキレイ系が好きなんで、あんまり装飾が付いていない、シンプルなのがいいと思うッス」

「体のラインがしっかり見えるヤツね」

「……そうッスね」

最後に見せたビキニ姿を思い出したのか、秀一郎《しゅういちろう》が照れたようにつぶやいたわ。本当に可愛《かわい》いわね。

秀一郎の分析は、たぶん合っていると思うわ。

とはいえ、シンプルな水着で素材勝負するなら、陽万里《ひまり》に勝てないのよね……。

「ちなみに颯太《そうた》くんは、露出が多ければ多いほど喜ぶと思うッス」

「聞いてないし、教えてもらうまでもないわ」

残念ながら、澪《みお》はそんなビキニは着ないと思うけどね。

……いや、「有能な男を手に入れるために必要なことなら、やる」とか言って、意外と着そうかも……？

なんて、他人の恋路を気にしている場合ではないわ。

「相談に乗ってくれて、ありがと。じゃあ今年の水着は、秀一郎がいいって言ってくれた、フリルが付いてるのにしようかしら」

「――えっ？　なんでッスか？」

「だって、少なくとも1人は、アタシのことを可愛いと思ってくれるわけだし」

そう言って、アタシはイタズラっ子みたいな笑みを浮かべた。

その瞬間、秀一郎の表情から、アタシへの好感度に変動があったのを感じ取ったわ。蓮《れん》と秀一郎の攻略難度を比べた場合、どちらかというと秀一郎の方が高いと思う。だから今回は、秀一郎の好感度を上げることを選択したのよ。

３人でいい感じになるというアタシの野望を達成するのは、ものすごく困難だと思うわ。だって、常識から外れているんだからね。

でも、だからこそ、達成しがいがある。女の武器や恋愛の知恵を総動員して、必ず実現してみせる。

アタシは絶対に諦めないわ。

第16話③　水着を着る勇気【日比谷蓮の視点】

夏休み2日目の朝。朝食を食べ終わり、予洗いを終えた6人分の食器を食洗機に入れていると、陽万里《ひまり》さんが近づいてきた。

「蓮《れん》さん。ちょっとご相談があるんですが、よろしいですか？」

「いいよ。どうしたの？」

食洗機をスタートさせ、手を洗いながら質問した。

「来週、みんなでプールに行くことになったじゃないですか？　どんな水着を買えばいいか、迷っていまして」

「うん？」

俺の頭の中がクエスチョンマークでいっぱいになった。

なぜそんな相談を俺にするんだ？

「実はですね、昨日、澪《みお》ちゃんと玲奈《れな》ちゃんと3人で水着を見てきたんです」

「ああ、そうだったんだね」

「でも、どれにするか決めきれなくて。どうするか悩んでいたら、玲奈ちゃんが昨夜、秀《しゅう》一郎《いちろう》さんに相談しているのを見かけたんです」

「へー。秀一郎が女装するようになってから、あの2人って仲良いよね」

「みたいですね。それでわたしも、異性の意見を聞いてみたいと思いまして」

「それで俺に？」

「そういうことです」

「別にいいけど、参考になるかわからないよ？」

「問題ありません。実はわたしの中で、どれを購入するかはすでに決めてあるんです。ただ、どうしても踏み切れなくて」

「それで俺の意見と一致したら、決定するってこと？」

「そうです」

「俺に陽万里さんの思考を読めってこと？」

「いえ、そんなに難しく考えないでください。蓮さんは純粋に、一番いいと思った水着を選んでくだされればいいんです」

「そっか。わかったよ」

「では、候補をご覧に入れますね」

陽万里さんは3人がけのソファに座り、スマホを操作し始めた。

俺は右隣に腰を下ろし、緊張しながら待つ。

「1つ目は、これです」

「どれどれ――」

と、陽万里《ひまり》さんのスマホを覗《のぞ》き込《こ》んだ刹那、俺の心臓が飛び上がった。

そこには、試着室内で自撮りした陽万里さんの姿が写っていたのだ。

てっきり売り場に飾られている水着単体を見せてくると思っていたので、これは思いがけない眼福だ。

スマホ内の陽万里さんは、露出少なめのビキニを身につけていた。

トップにはフレアがついており、胸の谷間すら確認することができない。

ボトムはスカート状で、ふとももの半分くらいまで隠れている。

だがそれでも、俺にとって十分に刺激的だった。

まず、お腹《なか》が露出していて、可愛《かわい》らしいおへそが丸見えなのだ。

さらに、水着の下は制服のスカートよりも圧倒的に短く、ふとももの下半分を拝むことができている。

しかもこれは試着室の中という、普通だったら絶対に見ることができない空間で撮影されたものだ。そのせいで余計に興奮してしまう。

この洋服店を経営している人、並びにこの水着を仕入れてくれた人に感謝しかなかった。

「……どう、ですかね？」

俺がずっと黙り込んでいるからか、陽万里さんが探るように質問してきた。

「えっと……可愛いと思うよ。高校生らしくていいと思う」

「そ、そうですか……」

陽万里さんは満足げに微笑《ほほえ》んだ後、スマホを操作した。

「では、次の水着です」

「はい」

画面を覗き込んだ瞬間、吹き出しそうになった。さっきよりも明らかに露出度が高くなっていたのだ。

まず、トップにフレアが付いておらず、胸の谷間が見えてしまっている。衝撃的すぎてヤバい。

さらに、ボトムはパレオを巻いているものの、ふとももの大部分が露《あら》わになっている。

こ、これはすごい……!!

「……あんまり見ないでください」

陽万里さんはスマホ画面を自分の胸に押しつけつつ、苦情を言ってきた。

さすがに凝視しすぎたかと反省しつつ、平静を装う。

「いや、陽万里さんが自分から見せてきたんだよね？」

「それはそうなんですけど……。とにかく、これが2つ目の候補です」

「う、うん」

「それで、3つ目なんですが……どうしようかな……」

「見せることに抵抗があるなら、無理しなくていいよ」

「……それは、わたしの水着を選ぶのが面倒ということですか？」

陽万里《ひまり》さんは頬《ほお》をふくらませ、俺を睨《にら》んできた。

明らかな誤解なのだが、否定するのも違う気がするから困る……。

「そういうわけじゃないよ。ただ、陽万里さんが嫌そうだったから」

「別に嫌じゃないんですけど……。……わかりました、じゃあ一瞬だけ見せます」

期待に胸をふくらませる俺に向かって、陽万里さんは本当に一瞬だけスマホ画面を見せてくれた。

そこには、さっきよりも際どい水着を装着した陽万里さんが写っていた。

まず、トップの面積が小さくなっていて、胸の形がわかりやすくなっていた。もちろん胸の谷間も見放題である。

さらに、ボトムはパレオなどの覆うものが一切なく、脚の付け根がはっきり確認できた。

もはや、下着姿を見ているようなものである。

こんなものを見せられて、興奮するなというのが無理な話だ。

「――はい、おしまいです」

陽万里さんはスマホを隠しつつ、冗談めかして言った。

だが、俺の脳は目撃した写真データを処理するのに精一杯で、何も言えない。

「……あの、どうでしたか……？」

興奮冷めやらぬ俺に、陽万里さんが恐る恐る質問してきた。

正直、このくらいの露出度の女性は、ネットでいくらでも見ることができる。

しかし、気になっている女性の水着姿というのは、興奮度が全然違った。

自分の心臓がうるさい。体内でアドレナリンが出まくっているのを感じる。

さっきの写真が3番目で、耐性が付いていてよかった。もし最初に見せられていたら、ショックで心停止していたかもしれない。

――などという素直な感想を伝えられるわけがない。もっと同居人として、ふさわしいコメントをしなければ。

「えっと、あくまで俺の感想なんだけど……2つ目と3つ目は、高校生としてどうかなと思ったよ」

「なるほど？」

「気を悪くしないでほしいんだけど、ちょっと露出しすぎというか……」

「ふむふむ」

「だから、俺が一番いいと思ったのは、最初に見せてもらった水着かな」

「わかりました。ご検討いただき、ありがとうございました。それでは、1つ目の水着を買うことにしますね」

陽万里《ひまり》さんはスマホを何度かスワイプし、最初の水着の写真を表示させた状態で、決意を語った。

「……あれっ？　でもさ、陽万里さんの中で、どの水着を購入するかは決まっていたんじゃないの？」

「――あっ、いえ、違うんです。だから、わたしも1つ目の水着が一番いいなと思っていて……」

陽万里さんはなぜか、しどろもどろになった。

「もしかして……本当はどれにするか決めていなくて、俺の意見に合わせてくれたとか？」

「い、いえ、断じてそういうわけじゃないんです」

「ならいいけど……俺のことは気にしなくていいからね？　俺が選ばなかった水着を買ったとしても、気にしないから」

「えっ……あっ、そういう受け取り方をしたんですか」

「ん？　受け取り方って？」

「何でもないです。――では、蓮《れん》さんの意見は検討材料の1つとさせていただきますね」

「うん、そうしてね」

ようやく心臓の鼓動が元通りになってきたと思いつつ、俺は頷《うなず》いた。

だがそこで、ふと気がついた。

もしどの水着が選ばれたとしても、陽万里さんは他の2種類のビキニを二度と着ないのだ。

つまり俺は、さっきの陽万里さんのビキニ姿を、地球上で唯一見た男なわけか……!!

嬉《うれ》しすぎる事実に思い至ったことで、また俺の心臓がうるさくなった。

「……ところで蓮さん。もう1つご相談があるのですが」

「はい、何でしょうか」

「これも2人だけの秘密にしていただきたいのですが……実は私、泳げないんです」

「えっ？　そうなの？」

「そうなんです。ですが、そのことがみんなにバレるのは恥ずかしくて……」

「別に気にしなくていいんじゃないかな？　得手不得手は誰にでもあるものだし」

「でも、みんなで遊ぶ時に、泳げない人がいたら気を遣いませんか？　プールに着いたらまず、わたしの泳ぎの練習に時間を割くことになってしまいます」

「それは……たしかにそうかも」

「なので、来週までのどこかのタイミングで練習できればいいんですが、1人でプールに行くのは怖くて……」

「それはやめた方がいいだろうね。もし溺れたら大変だ」

「かといって、この年でスイミングスクールに行って、小さい子たちと一緒に練習するのも抵抗があります」

「年齢は気にしなくていいと思うけど、気持ちはわかる」

そう答えながら、これは2人きりでプールに行くチャンスだと気が付いた。

しかし、俺なんかが誘っても大丈夫なのだろうか？　泳ぎの練習なら、澪《みお》さんや玲奈《れな》さんに手伝ってもらった方がいいのでは？

——でも、その提案をしたら、確実に後悔する。観覧車の時のように。

もしかしたら、断られるかもしれない。傷付くかもしれない。気まずくなるかもしれない。

でも俺は、陽万里《ひまり》さんと2人でプールに行きたい。

言え。誘え。当たって砕けろ。一昨日《おととい》みたいに、誰かに助けてもらうことはできないんだ。

挑戦した先にしか、明るい未来はない——

俺は覚悟を決め、明後日《あさって》の方向を向きながら、口を開いた。

「じゃあさ……みんなで行く前に、俺と2人で練習しに行く？」

第17話①　2人だけの秘密【橘陽万里の視点】

すべてわたしの計算通りに事が運びました。

水着を試着した日の夜。リビングで玲奈ちゃんが秀一郎《しゅういちろう》さんに自撮りを見せているのを目撃し、わたしも蓮《れん》さんに相談することを思いつきました。

一晩熟考した結果、この相談には、2つの効果が期待されることに気付きました。

1つはシンプルに、蓮さんをドキドキさせること。

あられもない姿を見せるのは恥ずかしかったですが、蓮さんだけに公開するという、特別感を演出できたはずです。

そしてもう1つは、相談を持ちかけることで、『自分は頼りにされている』と思わせることです。

もし露出度が高い水着を薦められたら困るとも思いましたが、わたしは一晩かけて妙案を思いつきました。

局部に絆創膏《ばんそうこう》を貼っておけば、ビキニに万が一のことがあっても大丈夫なのです。

こうして蓮《れん》さんに3択を迫ったわけですが、一番大人しい水着を選んでくれました。やはり蓮さんは誠実な方です。

さらに、2人きりでプールに行こうと誘ってもらいました。ほとんどわたしが誘導したようなものですが、最後の誘い文句を言ったのは蓮さんなので、誘われたと言っても過言じゃないはずです。

蓮さんは逡巡《しゅんじゅん》していましたが、最後はちゃんと誘ってくれました。これは直前の相談で『自分は頼りにされている』と思わせたおかげかもしれません。

ちなみに、わたしが泳げないというのは嘘《うそ》です。普通にクロールも平泳ぎもできます。もっとも、高校の知り合いに泳げることを話していないので、バレる心配はありません。

当日は泳げない演技を頑張らなければならないと思いながら、わたしは駅前に水着を買いに向かったのでした。

♂　♀　♂　♀　♂　♀

翌日は晴天だったので、わたしと蓮さんは2人でお出かけすることにしました。

出発は朝8時半。他の4人に怪しまれないよう、バラバラに家を出て、駅で合流する算段です。

「——蓮さん、お待たせいたしました」

わたしは一張羅のワンピースに身を包み、待ち合わせ場所である改札横にやって来ました。

「いや、時間通りだから大丈夫だよ。……それじゃあ、行こうか」

蓮さんは何か言いかけた後、ホームに向かって歩きだしました。

ひょっとして、わたしの服装を褒めようとしてくれたのでしょうか？

ホームに移動した蓮さんは、どこかソワソワしている様子です。緊張してくれているのでしょうか？

わたしは自分自身の緊張をほぐすため、話しかけることにしました。

「2人とも昼食はいらないと言って出てきましたが、不審がられましたかね？」

「大丈夫だと思うよ。一番嫉妬しそうな颯太《そうた》は『冷凍庫のハンバーグが残り4個だからちょうど良かった』って言ってたし」

「そうですか。——ところで蓮さん。わかっているとは思いますが、今日プールに行くことは、2人だけの秘密ですよ」

わたしは人差し指1本だけを立て、自分の唇にそっと触れさせました。

第17話②　2人だけの秘密【日比谷蓮の視点】

可愛《かわい》すぎてヤバい!!

待ち合わせ場所に駆け寄ってきたワンピース姿の陽万里《ひまり》さん。ホームで「2人だけの秘密ですよ」と釘《くぎ》を刺してきた陽万里さん。

5分足らずの間に、2回も俺の心臓が止まりかけた。

こんな可愛らしい女性と2人きりで出かけられるなんて、最高すぎる。

今の高校に入学して、あのシェアハウスに入居して、本当に良かった。

万物に感謝しつつ、俺は電車に乗り込んだ。

目的地は、渋谷《しぶや》区が運営するスポーツセンターだ。敷地内には屋外プールの他に、体育室やトレーニング室、テニスコートやフットサル場などもあるらしい。

「わたしも昨日、今から行くスポーツセンターについて調べてみたんですけど、色々な設備があるみたいですね」

「そうなんだよ。これだけ充実していることを考えたら、利用料はかなり安いよね」

「今度6人で来ましょうか」

「いいけど、今日2人で来たことがバレないように注意しないといけないね」

「あ、たしかに」

俺たちは顔を見合わせ、小さく笑い合う。

今日死んでも悔いはないと思えるくらい幸せだった。

♂　♀　♂　♀　♂　♀

スポーツセンターの最寄り駅で下車した俺たちは、そこから10分弱で目的地にたどり着いた。事前にルートを調べまくっていたので、一度も道に迷うことなく到着できた。

入口でそれぞれ利用料を支払い、館内に入る。

ここの屋外プールは、まるで学校に設置されているような、飾り気のない25メートルプールだった。レジャー施設でよく見かけるウォータースライダーや、流れるプールなどの設備は見当たらない。

今日は泳ぎの練習をするだけなのでここにしたのだが、せっかく2人での外出なのだし、もっと楽しそうなところにすれば良かったかな……。

少しだけ気落ちしつつ、俺たちは更衣室前で別れた。

ロッカーを開け、昨日調達したトランクスタイプの水着に着替える。

営業開始直後だからか、他の利用者はほとんどおらず、快適だった。

急いで更衣室を出たが、陽万里《ひまり》さんはまだのようだ。

もう間もなく、陽万里さんの水着姿が生で見られる。天にも昇る心地だった。

やけに長く感じる時間を過ごしていると、女子更衣室から陽万里さんが出てきた。

当然のように、昨日俺が選んだビキニを身に着けている。

しかし、写真と実物では、迫力が全然違った。

思わず見入ってしまいそうになったが、拝むチャンスはこれからいくらでもあるので、釘付《くぎづ》けになった目を強引に引《ひ》き剥《は》がす。

こうなると、布面積が一番大きいビキニを選んだことが悔やまれる。

とはいえ、陽万里さんの胸の谷間を他の男に見られるのは絶対に嫌だったので、仕方ない。

「……えっと、さっそく泳ぎの練習をしようと思うんだけど、陽万里さんってどのレベルで泳げないの？」

「ど、どのレベルと言われても……」

「プールに入るのは平気？　水に顔を付けられる？」

「あ、そこからだと思われているんですね。であれば、問題ありません。お風呂に入ったり、顔を洗ったりするのと同じだと思いますので」

「そっか。一応昨日、泳ぎ方を教える手順を調べてみたんだけど、意外と抵抗がある人がいるみたいだからさ」

「そうだったんですね。お手間をおかけしてしまい、すみません」

「いや、いいんだよ。とりあえず、プールに入ろうか」

「はい」

　俺たちは2人同時にプールに入り、他の利用者から離れたレーンに移動する。

「それじゃあ、まずはバタ足の練習をしようか。あ、バタ足ってわかる？」

「わかります。……あの、蓮《れん》さん」

　向かい合った陽万里さんが、言い出しづらそうに俺を見てきた。

「ん？　何かな？」

「その……水の中は怖いので、手を握ってもらってもいいですか……？」

　陽万里さんは上目遣いでこっちを見ながら、両手を差し出してきた。

　その可愛《かわい》らしさに、俺はまたしてもやられてしまった。

「も、もちろん」

　俺たちは恐る恐る、陽万里さんの両手を掴《つか》む。

　少し冷たくて、やわらかくて、極上の感触だった。

「じゃあ、ゆっくり進むから、足をバタバタさせてね」

「わかりました。よろしくお願いします」

陽万里《ひまり》さんは恭しく言った後、息を吸い、水に顔をつけた。

俺は細心の注意を払いながら、ゆっくり後退し始める。

この奇跡みたいな時間が、永遠に続けばいいと思った。

♂　♀　♂　♀　♂　♀

陽万里さんはかなり覚えが良く、すぐにクロールをマスターした。

動きを覚えるのが異様に速かったので、もしかすると天才なのかもしれない。

「この後どうする？　クロール以外の泳ぎ方も覚えたい？」

「いえ、クロールだけで大丈夫です。それより、少し疲れたので、休みませんか？」

「うん、わかった」

俺たちはプールから上がり、プールサイドに置かれている白い椅子に座った。

……ここに来てから30分くらい経《た》つのに、全然慣れない。すぐ近くに水着姿の陽万里さんがいるという状況に、ずっとドギマギしているのだ。

濡《ぬ》れた髪。女性特有のふくらみ。丸出しになっている可愛《かわい》らしいおへそ。短めのスカートから覗《のぞ》く真っ白なふともも。

どれもが完璧で、この上なく美しい光景だ。

とはいえ、黙って見とれているわけにはいかない。俺は一緒にいるだけで十分幸せだが、退屈な男だと思われたくないからな。

「ねぇ、陽万里さん。休憩が終わったら、25メートル、勝負しない？」

「えっ……。そんなの、わたしに勝ち目がないじゃないですか」

「ハンデあげるよ。5メートル」

「そのくらいじゃ、ハンデになりません」

「さっきの感じだと、5メートルでいい勝負になりそうなんだけどな」

「そ、そんなわけないじゃないですか。わたしは紛《まぎ》れもない初心者ですよ」

「じゃあ、ハンデ10メートル」

「15メートルで手を打ちましょう」

「わかった。ほぼ確実に負けると思うけど、受けて立とう」

「罰ゲームは何にしますか？」

「おっ、玲奈《れな》さんみたいなことを言い出したね」

俺は思わず吹き出したのだが、なぜか陽万里さんはジト目になった。

「……蓮《れん》さんは、いつも玲奈ちゃんのことを考えているんですね」

「そんなことはないけど!?」

今の今まで陽万里《ひまり》さんの水着姿のことしか考えてなかったけど!?

しかし、本当のことを言っても、ジト目の湿度が上がるだけだろう。俺は黙り込む。

「……罰ゲームの内容を決めました。負けた方はプールサイドで撮影会です」

「――えっ、本気?」

「もちろんです。負けた方はどんなポーズを指定されても、必ず実行するんです」

「…………」

何その罰ゲーム。最高じゃないか。

ただし、撮影側になれたらだが……。

さっきは勝ち目がないと言ったが、陽万里さんはクロールを覚えて間もない。俺が勝てる可能性も十分にあるはずだ。

「よし、その条件でやろう」

話がまとまり、俺たちは椅子から立ち上がった。

「あ、スタートの合図はどうしようか?」

「蓮《れん》さんが壁を蹴ったらスタートということにしましょう。わたしからのハンデです」

「それ、ハンデになるかな？　スタート時点で15メートルの遅れがあるんだけど?」

「そのハンデは蓮さんが言い出したことじゃないですか」

陽万里さんはちょっとトゲがある言い方をした。

急に機嫌が悪くなった気がするんだが、一体なぜだ。

結局、スタートの方法は陽万里さんの案を採用することになった。他のお客さんもいる中、大声を出すのは恥ずかしいからな。

俺は25メートルプールの端に、陽万里さんは15メートル進んだ地点にそれぞれスタンバイする。

陽万里さんの準備ができたようなので、一気に息を吸い、思いっきり壁を蹴った。

全力で水をかき、両脚を動かす。もしこの勝負に勝てるなら、四肢がどうなってもいいという気概で泳いだ。

しかし、俺が反対側の壁にタッチした時点で、陽万里さんはすでにプールサイドに上がっていた。

「蓮さん、わたしの勝ちです」

陽万里さんは勝ち誇った表情で宣言した。

残念ではあるが、そんなことより今俺は陽万里さんをほぼ真下から見上げる形になっており、絶景すぎて他のことは全部どうでも良くなっていた。

全力で目に焼き付けつつ、適当に敗者コメントをする。

「さすがに15メートルのハンデは大きかったか……」

「そうですね。わたしがゴールした時点で、蓮さんはまだ10メートル地点でした」

「時速がほぼ同じ!?」

「あ、いえ、今のは言い間違いです。わたしがゴールした時点で、蓮《れん》さんはまだ10メートルほど残っていました」

「だとしても陽万里《ひまり》さん、クロールを覚えて間もないとは思えないスピードだよ。天性の才能があるから、水泳選手になったら?」

「……考えておきます」

なぜか陽万里さんは気まずそうに目を逸《そ》らした。

「それでは、ロッカーからスマホを取ってきますね。プールから上がって、スタンバイしていてください」

陽万里さんはそう言い残し、立ち去っていた。

いいものを見せてもらった……。余韻を楽しみつつ、プールサイドに移動する。

そのまま待機していると、陽万里さんがスキップしながら戻ってきて、すぐさま撮影会がスタートした。

「蓮さん! 力強いポーズをしてください!」

「えっ? 具体的にどんな体勢?」

「ポージングは考えるんじゃなく、感じてください!」

「どういうこと!? 全然わからないんだけど!?」

「筋肉美を見せつけるイメージです！」

「いや俺、大して筋肉ないし」

「じゃあ全体的に、ダビデ像みたいな感じで！」

「あいつ全裸だよね⁉」

そんなやり取りをしている間も、陽万里さんはシャッターを切り続けた。

とりあえず俺は、苦笑いしながら少しずつポーズを変える。

そして撮影開始から5分ほどが経《た》ったところで、陽万里さんが満足げに微笑《ほほえ》んだ。

「お疲れさまでした。とってもいい写真がたくさん撮れましたよ」

「それは良かった。今すぐ全部消去してほしいけど」

「絶対に嫌です。にひひ」

陽万里さんは怪しげな笑みを浮かべた。俺の写真なんか、何に使うつもりなんだ？

戦々恐々としていると、陽万里さんは突然しおらしくなり、こんな提案をしてきた。

「……あの、蓮さん。……その、2人で自撮り、してみませんか？」

「えっ、あ、うん……」

突然訪れたチャンスタイムだった。

俺は陽万里さんの横に立ち、微妙な距離感を保ったまま、こちらに向けられたカメラのレンズを見つめる。

「はい、カシャ。——えへへ。ありがとうございました」

「最後に撮った写真、後で送ってね」

「えっ……嫌です」

「なんで⁉」

「あんまり可愛《かわい》くないからです。加工したらマシになるかもしれないですけど……」

陽万里《ひまり》さんは自信なげにつぶやいた。どこからどう見ても絶世の美少女なのに、だいぶ自己評価が低いようだ。

今も濡《ぬ》れて乱れた髪が最高に美しいのに、自覚がないのだろうか？

などと陽万里さんを見れば見るほど、さっきの勝負に負けたことが悔やまれる。

もっとも、俺には度胸がないから、まともに陽万里さんを撮影できなかった気がするが。

撮影会終了後、俺たちは遊泳と休憩を繰り返した。陽万里さんはすっかりコツを掴《つか》んだようで、スイスイ泳いでいた。

泳ぐのに疲れたらプールサイドに腰かけ、水面をパシャパシャ蹴ったりしながら、２人で色々なことを話した。

他愛《たあい》のない内容だったけれど、こんなに楽しい時間があっていいのかと、信じられない思いだった。

俺は今のこの気持ちを、生涯忘れないだろう。

♂　♀　♂　♀　♂　♀

やがて昼食の時間になったので、後ろ髪を引かれながら、お手頃価格のイタリアンレストランに移動した。

俺はハンバーグステーキを、陽万里《ひまり》さんはナポリタンを注文した。あとマルゲリータピザも頼み、2人でシェアして食べた。

ドリンクバーを頼んだせいでつい長居をしてしまい、レストランを出た時には15時を回っていた。

タイミングをずらして帰ることを考えると、片方はそろそろシェアハウスに戻った方がいいだろう。俺たちは駅に移動し、電車に乗り込んだ。

「泳いだ後だからか、いつもよりご飯がおいしく感じました」

横並びで座り、車体の揺れで眠気を覚えていると、そんなことを言われた。陽万里さんはまだまだ元気なようだ。

「今日は楽しかったです。また泳ぎに行きたいですね」

「うん。来週は6人でどこのプールに行くか、考えておかないと」

「……そういう意味じゃないんですけど」

「ん？　来週も今日のプールに行きたいってこと？」

「あ、いえ……何でもないです」

陽万里さんは短く言い、そっぽを向いてしまった。

不思議に思いながらも、俺は正面を向き、水泳バッグを握りしめながら考える。

──今日、２人でデートっぽいことをして、確信した。

俺は陽万里さんのことが好きなのだ。

陽万里さんが俺をどう思っているかは、まったくわからない。だが少なくとも、２人きりで出かけてもいい相手とは認識されている。高嶺《たかね》の花《はな》すぎるが、少しは希望があるのではないだろうか。

……まぁ、単なる男友達として見られていて、玉砕する可能性が高いけど……。

でも、俺の頭の中は、陽万里さんのことでいっぱいだ。

こんなに気持ちが大きくなってしまったら、もう抑えつけることなんかできない。

今はただ一緒にいることしかできない関係だけど、いつか必ず……。

エピローグ　恋愛禁止について【日比谷蓮の視点】

このシェアハウスには、目安箱というシステムがある。自分の口からは言いづらい提案がある場合、無記名で意見書を作って箱に入れておくことで、発案者が誰かを知られずに済むというものだ。

筆跡で正体がバレないよう、シェアハウス内にあるパソコンとプリンターで印刷したものが投入されることが多い。

目安箱は何日に一度確認するという決まりはなく、６人が揃《そろ》ってリビングでヒマしている時に、気まぐれで開けられることが多い。

「――やることないし、目安箱を開けようぜ」

夏休みになって４日目の夜。夕食後にリビングでダラダラしていたら、颯太《そうた》がそんな提案をした。

試験やら何やらで忙しい日々が続いていたので、開けるのは数週間ぶりだ。

目安箱を開けると、中から２枚の紙が出てきた。どちらもＡ４の真っ白い紙が折りたたまれているので、プリンターから排出されたものだと推測された。

「じゃあ議長、お願いします」

颯太が2枚の意見書を澪《みお》さんに手渡した。

ちなみに澪さんが議長になるという話し合いをしたことはないのだが、何となく暗黙の了解でそうなっているし、澪さん自身も特に否定はせず、流れるように意見書を受け取った。

「では、まず1枚目。『脱衣所は熱がこもって暑いので、風呂上がりに上半身裸でリビングに移動してもいいことにしてほしい』……これは颯太が書いたものだな」

「なんでわかった!?」

「蓮《れん》と秀一郎《しゅういちろう》は、女性に対する礼節をわきまえているからだ。さて、投票に移ろう」

俺たちは頷《うなず》き、投票カードを準備した。

投票カードとは、目安箱に入っていた提案に対し、自分の意志を示すためのものだ。『賛成』と『反対』の2種類があり、どちらか一方を選んで目安箱に入れる。こうすることにより、投票者のプライバシーが守られるのだが……。

「賛成1、反対5。よってこの提案は却下された」

澪さんが淡々と告げた。

「お前ら！　なんで反対なんだよ！」

颯太《そうた》が大声を出した。

たしかに俺も風呂上がりに上半身裸でリビングのクーラーに当たりたいし、23時以降に入る時はこっそりやっている。

だが、この状況で『賛成』を出すメリットは1つもない。なぜなら、賛成が過半数を超えない限り、その提案は却下されるからだ。

つまり、今回のように女子全員が反対しそうな事案が採用されることは、まずあり得ない。許可したところで女子に何のメリットもないからな。

であれば反対の立場を取っておいて、好感度を上げるべきだ。おそらく秀一郎《しゅういちろう》も同じことを考えたのだろう。

「さて、次の議題だ。……やけに長文だな。読み上げるのは面倒なので、各自で目を通してくれ」

澪《みお》さんは面倒《めんど》そうにつぶやいた後、意見書をテーブルの真ん中に広げて置いた。

そこにはこう書いてあった。

『シェアハウス内の恋愛禁止というルールは人権を無視していると思う。とはいえオーナーの意向なので、廃止するのは難しいだろう。そこで、もしシェアハウス内でカップルが誕生したとしても、他の4人はオーナーに告げ口をしないという協定を結んでおきたい』

読み終えた瞬間、心臓が高鳴った。

一体誰がこんな提案を……？

この意見書もパソコンとプリンターを使って印刷されたもので、筆跡から誰が書いたかを探ることはできない。

だが少なくとも、これを書いた人は、シェアハウス内で恋愛したいと考えているのだろう。でなければ、こんな提案をするわけがない。

一番怪しいのは颯太だ。しかし、文面があんまり颯太っぽくない。いや……正体がバレないよう、あえて普段とは違う書き方をしたのか？

文面からすると、澪さんっぽいと思う。とはいえ敬語をやめた陽万里《ひまり》さんっぽいと言われたら、そんな気もしてくる。秀一郎と玲奈《れな》さんは……なさそうだが、断言はできない。

容疑者は俺以外の５人。よって、女子である確率は３／５。

そして女子の中の誰かが書いた場合、好意を向ける対象が俺である可能性は１／３。

つまり１／５の確率で、俺はいずれかの女子に異性として意識されているのでは……!?

そんな都合がいい計算をしつつ、俺は『賛成』のカードを目安箱に入れた。何かの間違いで過半数を超えるかもしれないという淡い期待を込めて。

「では、開票するぞ」

澪さんが宣言し、目安箱の中から投票カードを取り出し始めたのだが……信じられないことが起きた。

取り出されたカード6枚すべてが、『賛成』だったのだ。

最低でも、1枚は『反対』が入っているものだと思っていた。まさか、澪《みお》さんまで賛成だなんて……。

思わず女子たちの顔色をうかがう。3人とも気恥ずかしそうにしていた。

それもそのはず、これで6人全員が、シェアハウス内での恋愛を意識していることが明らかになったのだから。

そしてシェアハウス内の男は3人で、女子も3人。これはかなり高い確率で、俺はいずれかの女子から好意を寄せられてるのでは……!?

「……賛成6、反対0。よってこの提案は採用された。もしシェアハウス内でカップルが誕生したとしても、他の4人は告げ口をしないこと。……まぁ、人権侵害は良くないからな」

澪さんが気まずそうに言ったが、たしか入居当初は「学生の本分は勉強だ。恋愛禁止、望むところだ」みたいなことを言っていたような……?

つまり、この4ヶ月《かげつ》弱の間に、男子3人のうち誰かが、澪さんの心を動かしたのか？

まさか、本当に颯太《そうた》が……？

「ちなみに、もし6人のうちの誰かがカップルになった場合、他の4人にそのことを報告するのか？　別に言ってもいいんだよな？」

颯太が素朴な疑問を口にした。

たしかに、告げ口しないという協定を結んだのだから、秘密にしておく必要はないだろう。

「でも、わざわざ報告するのって、恥ずかしいわよね」

「そうですか？　わたしは素敵だと思います。結婚式みたいで」

玲奈《れな》さんと陽万里《ひまり》さんが、それぞれの所見を述べた。

俺も玲奈さんと同じ意見だが、陽万里さんは発想が可愛《かわい》らしいと思った。

「カップルの存在を事前に知っていれば、オーナーさんが視察に来た時に、偽装工作を手伝えるッスよね」

「でも逆に、２人のことがバレたらマズいと思いすぎて、オーナーさんの前でボロが出るかもしれないよ」

秀一郎《しゅういちろう》の意見に、俺は苦言を呈した。

要するに、２人の恋人関係をオープンにすることには、メリットとデメリットの両方があるわけだ。

「付き合い始めたことを他の４人に報告するか否かは、当人たちに任せるとしよう。だが、もし誰かの過失によって秘密が漏れ、強制退去することになったとしても、恨むのはやめよう。このシェアハウスは、恋愛禁止なんだからな」

澪《みお》さんがそう結論づけ、俺たち5人は頷《うなず》いた。

こうして新たなルールが施行され、シェアハウスでの暮らしが俄然《がぜん》、面白くなってきた。

今年の夏休みは、まだ始まったばかりだ。

あとがき

ライトノベル作家になってもうすぐ15年になるのですが、過去作では主人公の男友達をほとんど登場させていないことに気がつきました。

その理由は単純で、男性キャラよりヒロインの方が書いていて楽しいからです。

しかし、担当編集さんと打ち合わせをしていて、男同士のノリをライトノベルでやったら楽しそうという話になり、本作が誕生しました。

蓮《れん》が颯太《そうた》や秀一郎《しゅういちろう》とふざけるシーンは書いていてすごく楽しかったですし、男キャラを複数出すことで生まれる面白さも発見でき、本作を書いて本当に良かったと思いました。

しかも、前作『ゾンビ世界で俺は最強だけど、この子には勝てない』で大変お世話になったＴｗｉｎＢｏｘ《つぃんぼっくす》様に、今回もイラストを担当していただけました。どのキャラも非常に魅力的に描いていただき、感無量です。

ちなみに、ＴｗｉｎＢｏｘ様には企画段階から参加していただいており、たとえば舞台がシェアハウスになったのは、おふたりのアイディアによるものです。その他にも貴重なご意見をたくさんいただけて、大変助かりました。

さらに、有償特典のＢ２タペストリー用に、カラーイラストを３枚も描き下ろしていただきました。

メロンブックス様用には、『バニーガールになった澪《みお》』を。

とらのあな様用には、『ベッドで目覚めてすぐの陽万里《ひまり》』を。

ゲーマーズ様用には、『一緒にお風呂に入る玲奈《れな》と陽万里』を。

タペストリーは売り切れている可能性もありますが、ぜひ検索して、素晴らしいイラストをご覧ください。

それでは最後に、ここまで読んでくださった皆様に、最大限の感謝を申し上げます。本当にありがとうございました。

皆様に本作を面白いと思っていただけたなら、これ以上嬉《うれ》しいことはありません。

私はエゴサが大好きなので、X（旧ツイッター）などに感想を書き込んでいただけると非常に嬉しいです。文章のどこかに『このシェアハウスは恋愛禁止なのに、どう見ても告白待ちの顔をされています』と入れていただけると、見つけやすいので助かります。タイトルが長くてすみません……。

それでは、２巻を出せるかどうかは1巻の売れ行き次第なのですが、またお目にかかれることを全力で祈っております！

２０２４年９月　岩波零《いわなみりよう》

このシェアハウスは恋愛禁止なのに、どう見ても告白待ちの顔をされています

2024年10月25日　初版発行

著者　岩波零

発行者　山下直久

発行　株式会社 KADOKAWA
〒102-8177 東京都千代田区富士見2-13-3
0570-002-301（ナビダイヤル）

印刷　株式会社広済堂ネクスト

製本　株式会社広済堂ネクスト

Printed in Japan　ISBN 978-4-04-684230-5 C0193

【 ファンレター、作品のご感想をお待ちしています 】
〒102-0071 東京都千代田区富士見2-13-12
株式会社KADOKAWA　MF文庫J編集部気付「岩波零先生」係　「TwinBox先生」係